Jang Heejun's Life and World Stories

장희준의 삶과 세상이야기

턴어라운드

| 장희준 | 지음

장희준의 삶과 세상이야기

턴어라운드

초판 인쇄일 2025년 1월 1일
초판 발행일 2025년 1월 1일

지은이 장희준
펴낸이 장문정
펴낸곳 도서출판 그림책
디자인 이정순 / 정해경
출판등록 제2010-000001
주소 경기도 수원시 영통구 이의동 웰빙타운로 70
연락처 TEL070-4105-8439(010)2676-9912
E-mail : khbang21@naver.com

도서 가격은 뒤표지에 있습니다.
※ 잘못된 책은 바꿔 드립니다.
Published by 도서출판 그림책 Co. Ltd. Printed in Korea

Jang Heejun's Life and World Stories

장희준의 삶과 세상이야기

턴어라운드

| 장희준 | 지음

지치지 않는 열정으로 꾸준히 글을 써나갈 수 있도록

정규 교육을 많이 받지 못한 관계로 인생의 좌표가 흔들릴 때가 많았던 혼란스러운 인생을 살아오면서 그동안 꾸준히 놓지 않았던 책 덕분으로 평범하지만은 않았던 인생의 파고를 잘 넘어올 수 있었습니다.

하지만 늘 아쉬움이 남았던 것은 머릿속에 떠돌던 생각들을 정리해서 글로 남겨야 되겠다고 생각만 하고 실천에 옮기지 못하다가 2021년도 7월부터 매일 글쓰기를 시작하였습니다.

그 결과 그동안 써놨던 글 중에서 몇 편을 골라 첫 책을 발행하게 됐습니다. 저에게 책 읽기와 글쓰기는 인생의 스승과 같았습니다. 글쓰기를 통해서 많은 위로를 받았고 내가 쓴 글을 내 스스로 읽으면서 많은 가르침을 스스로 받고 있다고 하는 것을 깨닫게 되었습니다.

글을 쓴다는 것은 누군가에게 좋은 영향력을 미치기 위한 것일 수도 있지만 글을 씀으로 인해서 내 스스로에게 가장 좋은 영향력이 미친다는 것을 깨달았습니다.

앞으로도 열정이 식지 않는 한 내 목숨이 다하는 그날까지 매일 글쓰기를 실천에 옮길 생각입니다.

곧 다른 카테고리 내용들로 책이 또 발행될 예정입니다. 글쓰기 새내기인지라 부족한 점이 많으리란 것을 알고 있습니다.

제가 쓴 글이 다른 작가들에 비해서 좋은 글이다, 나쁜 글이다를 떠나서 내 마음의 붓으로 그린 그림처럼 제 글이 제 생각과 마음의 색깔과 똑같아지도록 하루하루 한 걸음씩 나아가겠습니다.

매일매일 정진하여 조금 더 나은 글쓰기에 매진하겠습니다. 먼저 이 책이 발행될 수 있도록 큰 도움을 주신 도서출판 그림책과 그리고 큰 도움과 격려를 아끼지 않으신 방훈 작가님께 머리 숙여 감사를 드립니다.

- 2024년 겨울 장희준

Jang Heejun's Life and World Stories

장희준의 삶과 세상이야기

차례

제2부

내가 사랑한 세상

제3부

내가 사랑한 지혜

제4부

내가 사랑한 철학

Jang Heejun's Life and World Stories

장희준의 삶과 세상이야기

턴어라운드 1부

내가 사랑한 삶

아브락삭스abraxas

데미안에서 싱클레어가 진정한 나를 찾아가는 방법으로 표현한 아브락삭스 abraxas. 누구나 한 번쯤 성장 과정에서 고민했을 진정한 행복, 진정한 자아, 진정한 독립, 진정한 인간 완성을 알을 깨고 나가는 새에 비유했습니다. 알의 세계란 알 속에 있을 때와 알 밖의 세상은 알 껍질로 경계 지어 있습니다. 알을 깨고 나오지 못하면 그 어떤 조류도 창공을 날아오를 수 없습니다. 알을 깨는 일은 고통입니다. 누에고치에서 나비가 되는 일도 고통입니다. 태아가 엄마 뱃속에서 세상 밖으로 나오는 일도 고통이 뒤따릅니다.
새로운 삶은 알을 깨고 나올 때만이 비로소 시작됩니다. 헤르만 헤세의 데미안에서 싱클레어의 유년 시절 동급생 크로머와 전학생 데미안을 통해 인간의 본성 안에 숨겨진 여러 심리 작용들에 대해 섬세한 터치로 긴장감이 감돕니다. 특히 데미안의 카인과 아벨의 재해석을 듣고 혼란스러워합니다. 성장하면서 만난 베크를 통해 세상의 타락을 알아가고, 피스토리우스와의 만남, 그리고 자살을 시도했던 동급생 크나우어. 그리고 우연히 만난 소녀 베아트리체에 대한 짝사랑, 마지막으로 데미안의 엄마 에바에게서 느낀 사랑. 이런 과정들은 모두가 알을 깨고 나가기 위한 싱클레어의 세상과의 투쟁 방식입니다. 안타깝게도 나이 많은 어른애들과 대화를 하다 보면 자기가 있는 세계가 알 밖인지 알 속인지 구분을 못하는 경우가 허다합니다.

어른애란 '나이는 많으나 아직 알 속 세상에 머물고 있는 성인'을 지칭한 제가 지은 합성어입니다. 참고하시길.

자신을 한 번 둘러보세요. 나는 알을 깨고 나왔나? 오래전 읽었던 데미안을 수

십 년이 지나서 어제 다시 읽으면서 약간의 전율을 느낀 건 책이 달라진 게 아니라 내가 알 밖으로 나오기 전과 후로 달라진 건 아닐까 생각해 봤습니다. 모든 탄생은 고통과 함께 온다는 걸 잊지 마시길.

실천 방안

자기 탐색 : 자신을 둘러보고 현재 자신이 알 속에 있는지, 알 밖에 나와 있는지 자문해 보세요. 자기 탐색을 통해 성장의 필요성을 인식하세요.
자기 성찰 : 정기적으로 자신의 내면을 성찰하고, 자신이 경험하는 고통과 그 고통이 가져다주는 성장을 생각하세요. 성찰의 시간을 갖는 것이 중요합니다.
끊임없는 배움 : 새로운 지식과 경험을 통해 자신을 계속 성장시키세요. 책을 읽고, 다양한 활동에 참여하며 끊임없이 배움을 추구하세요.
도전과 극복 : 새로운 도전에 직면했을 때, 그 도전을 피하지 말고 극복하려고 노력하세요. 알을 깨고 나오는 과정은 항상 고통이 따르지만, 그 고통이 성장을 가져다줍니다.
긍정적인 태도 : 고통스러운 상황에서도 긍정적인 태도를 유지하고, 그 상황에서 배우고 성장할 수 있는 기회로 삼으세요. 고통은 성장의 일부라는 점을 기억하세요.
지원과 소통 : 성장 과정에서 필요한 지원을 받고, 다른 사람들과 소통하며 자신의 경험을 나누세요. 함께 성장하는 과정에서 더 큰 성과를 이룰 수 있습니다.

집짓기

오래된 집에서 살다 보면 여기저기 수리할 곳이 생깁니다. 그러다 보면 어느 순간 새로 집을 짓는 편이 더 나을 때가 있습니다. 그런데 우리는 실행에 잘 옮기지 못합니다. 비용과 시간도 문제지만, 수십 년 살아온 집에 익숙해져 새로운 집에 적응하고 사는 일이 번거롭게 느껴질 때도 있기 때문입니다.
생각도 마찬가지입니다. 생각도 집처럼 내 생각 방식에 익숙해져 새로운 생각 방식을 사용하기를 꺼려합니다. 살다가 새로운 인생을 살고 싶다는 생각을 한두 번쯤 해보지 않은 사람은 없을 것입니다. 하지만 누가 보더라도 새로운 인생을 시작한 사람은 드뭅니다. 오래된 집을 리모델링해서 살아가듯 우리도 먹는 것, 자는 것, 말하는 것, 걷는 것, 옷 입는 것, 여가 생활, 소비 생활, 사랑, 행복, 믿음, 사람 만나는 것 등 다양한 주제들과 적당히 타협하며 리모델링된 집에서 살듯 다 버리지는 못합니다. 사실은 오래된 집은 허물고 새로 짓는 게 더 안전하고 편리합니다.
사람의 생각도 집짓기와 같습니다. 자꾸 수리할 곳이 생긴다면 과감히 허물어 버리고 새로 집을 지어야 합니다. 만나는 사람을 바꾸고, 먹는 것을 바꾸고, 시간 사용 방식을 바꾸고, 돈 사용 방식을 바꾸고, 생각을 바꾸고, 사랑에 대해, 행복에 대해 그 외 스스로 규정지어 두었던 과거의 삶의 방식을 과감히 부셔야 새로운 삶의 집에 들어갈 수 있습니다.
당신의 삶이 힘들다고 느껴지거나 다른 사람을 바꾸면 될 거라는 착각을 하지 마세요. 남의 집을 수리해서는 될 일이 아닙니다. 내 집을 새로 지어야 합니다. 새로운 집짓기는 어제까지의 나의 집을 부셔서 철거해야 착공이 가능합니다.
당신의 입주를 축하드립니다. 행복한 집에 오신 것을 환영합니다.

실천 방안

자기 성찰 : 현재의 생각 방식과 삶의 방식을 돌아보고, 과감히 버리고 새롭게 시작해야 할 부분이 무엇인지 성찰하세요.
계획 세우기 : 새로운 삶을 위한 구체적인 계획을 세우세요. 어떤 부분을 변화시킬지, 어떻게 변화시킬지 명확히 계획합니다.
단계적 실행 : 한 번에 모든 것을 변화시키기 어렵다면 단계적으로 실행해보세요. 작은 변화부터 시작해 점진적으로 큰 변화를 이루어 나갑니다.
지속적인 노력 : 새로운 삶의 방식을 지속적으로 유지하려는 노력을 기울이세요. 꾸준한 실천과 자기 관리가 필요합니다.
긍정적인 마인드 유지 : 새로운 변화에 대한 긍정적인 마인드를 유지하고, 변화를 두려워하지 마세요. 변화는 항상 성장의 기회입니다.
지원과 소통 : 주변 사람들과 소통하고, 필요한 지원을 받으세요. 함께 변화해 나가는 과정에서 서로의 지지를 받는 것이 중요합니다.

베아트리체Beatrice

단테가 베아트리체를 만난 것은 9살 때였습니다. 그 나이에 운명적 사랑이 왔다니 놀라울 따름입니다. 그리고 18살 때 다시 만났지만 두 사람의 사랑은 이루어지지 못했고, 베아트리체는 24세를 일기로 세상을 떠났습니다.
데미안에서 싱클레어가 공원에서 우연히 만난 소녀를 베아트리체라 이름 붙여 사랑한 것도 아마도 이루어지지 않은 사랑이 언제나 더 아름답게 다가오기 때문일 것입니다. 저에게도 그런 사랑이 지나간 시간이 있었습니다. 40년쯤 된 것 같습니다.
조용필의 노래 제목이기도 한 베아트리체. 과연 인간은 이루어진 사랑보다 이루어지지 못한 사랑에 대해 훨씬 더 오래 추억하고 아쉬운 기억을 가지고 가는 이유가 무엇일까요? 생각해봅니다. 인간이 늘 오늘, 지금, 여기보다 과거나 미래로 여행하기를 좋아하는 것은 생각의 본성 때문일까요?
누구에게나 베아트리체는 있습니다. 그 대상이 꼭 여인이 아니더라도 어떤 이에게는 하느님, 부처님, 어떤 이에게는 음악이나 미술, 어떤 이에게는 지위나 권력일 수도 있습니다. 베아트리체는 언제나 도달할 수 없는 어떤 곳일 때 아름답습니다.
단테가 베아트리체와 결혼해서 살았더라면 어땠을까요? 단테는 젬마라는 아내와 금슬도 좋았고 자녀도 4명이나 두었습니다. 그러나 늘 그의 글 속에서 단테의 영혼은 베아트리체를 향하고 있었습니다.
그리운 것은 그리운 대로 두고 바라볼 수 있다면 우리의 인생이 더욱 더 풍요로워진다는 것을 잊지 말아야 합니다. 그리운 것은 소유하는 것이 아니라 바라보는 것입니다.

실천 방안

과거를 소중히 여기는 법 : 과거의 아름다운 기억을 소중히 여기고, 추억 속에서 의미를 찾으세요. 지나간 사랑이나 그리운 대상이 여러분의 삶을 풍요롭게 만들어줄 수 있습니다.
현재의 중요성 인식 : 현재의 순간에 집중하고, 지금 이 순간의 아름다움을 즐기세요. 과거에만 머무르지 말고, 현재를 살아가는 것이 중요합니다.
균형 잡힌 삶 : 과거, 현재, 미래를 균형 있게 바라보는 연습을 하세요. 과거를 기억하고, 현재를 즐기며, 미래를 계획하는 것이 중요합니다.
자신의 베아트리체 찾기 : 자신에게 특별한 의미를 가진 베아트리체를 찾아보세요. 그것이 사람이든, 예술이든, 어떤 목표든 상관없습니다. 그 대상이 당신의 삶에 영감을 줄 수 있습니다.
긍정적인 마인드 : 이루어지지 못한 사랑이나 목표에 대해 아쉬움을 느끼기보다는, 그 과정에서 얻은 경험과 교훈을 긍정적으로 받아들이세요.
창의적인 표현 : 글쓰기, 그림 그리기, 음악 등 창의적인 활동을 통해 자신의 감정을 표현하세요. 이는 자신의 내면을 들여다보고, 감정을 치유하는 데 도움이 됩니다.

휴대폰과 이별하기

포노 사피엔스Phono-sapience라는 신인류가 출현한 지 얼마 되지 않아 호모 사피엔스가 멸종해 가고 있습니다. 포노 사피엔스는 휴대폰으로 검색과 일상생활을 하는 신인류를 일컫는 말입니다. 대부분 사람들이 휴대폰과 하루 중 가장 많은 시간을 보냅니다.

휴대폰이 세상과 소통하는 창이 된 지 오래고, 경제, 문화, 의사소통, 여가생활, 쇼핑 등 삶의 모든 분야에서 휴대폰의 지배력은 사피엔스가 출현한 이후 가장 강력하고 큰 변화입니다. 이제는 내 휴대폰이 제2의 자아가 되었습니다.

지금 우리는 두 가지 삶의 방식 중 하나를 선택할 수 있습니다. 휴대폰과 함께 하면서 행복하게 사는 삶, 혹은 휴대폰의 지배력에 눌려서 억압받는 삶입니다. 휴대폰으로부터 자유로워질 수 있는 길은 하루 중 휴대폰과 이별하는 시간을 만들어 보는 것입니다.

휴대폰과 이별하는 시간이 필요합니다. 제 경우에는 운동이나 독서하는 시간, 목욕탕에 갈 때, 저녁 8시 이후 글을 쓰지 않을 때 등 휴대폰과 이별하는 시간을 만듭니다. 가까운 곳에 나갈 때나 외식, 취침 전 등 여러 방법으로 휴대폰과 떨어져 있는 시간을 만들어 보세요.

포노 사피엔스(Phono-sapience)는 스마트폰을 신체의 일부처럼 사용하는 인류를 말합니다.

실천 방안

일정 시간 정하기 : 하루 중 일정 시간을 정하여 휴대폰을 사용하지 않는 시간을 만드세요. 예를 들어, 저녁 8시 이후에는 휴대폰을 사용하지 않는 시간을 가질 수 있습니다.

특정 활동과 결합 : 운동, 독서, 명상, 산책 등 특정 활동과 휴대폰을 멀리하는 시간을 결합하세요. 이를 통해 휴대폰 없이도 즐길 수 있는 활동을 찾을 수 있습니다.

휴대폰 없는 공간 만들기 : 집이나 사무실에서 휴대폰을 두지 않는 공간을 만들어 보세요. 예를 들어, 침실이나 식사 공간에서 휴대폰을 두지 않으면 더 집중하고 휴식을 취할 수 있습니다.

디지털 디톡스 : 주말이나 휴가 때 디지털 디톡스를 시도해 보세요. 하루나 이틀 동안 휴대폰과 다른 디지털 기기들을 사용하지 않는 시간을 가지세요.

대안 찾기 : 휴대폰 대신 다른 취미나 관심사를 찾아보세요. 예를 들어, 그림 그리기, 악기 연주, 요리 등 새로운 활동을 시작해 보세요.

사회적 활동 증가 : 친구나 가족과의 시간을 늘리고, 대면 소통을 강화하세요. 이를 통해 휴대폰 없이도 풍요로운 인간관계를 유지할 수 있습니다.

헤르만 헤세의 싯다르타Siddhartha

헤르만 헤세의 싯다르타Siddhartha를 읽으며 느낀 감정들은 정말 특별하네요. 때로는 책 속의 대화나 장면에서 감동을 받아 눈물을 흘리는 경험이 있습니다. 그것은 우리가 깊은 깨달음을 얻거나, 자신을 돌아보게 되는 순간에서 비롯되는 것 같아요.

싯다르타가 바주데바와 나눈 대화에서 궁극적으로 얻고자 하는 깨달음은 무엇일까요? 강물의 소리와 대화를 통해 깨달음을 얻은 바주데바의 가르침은 싯다르타에게 큰 영향을 미쳤습니다. 그 대목에서 눈물이 났다고 하셨는데, 그것은 어쩌면 자신이 알고 있다는 착각, 이해한다고 생각했던 것들에 대한 깨달음 때문일지도 모릅니다.

바주데바는 경청의 힘으로 성인이 되었습니다. 강물의 소리를 경청하고, 싯다르타와의 대화 중 깊이 경청하는 능력은 참으로 놀랍습니다. 잘 듣는다는 것은 듣고자 하는 소리와 대상과 하나 되는 경지에 이르는 것입니다. 지금부터라도 잘 들을 수 있을까요?

싯다르타에서 눈물이 난 것은 어쩌면 열려 있지 않은 내 귀를 알아차리는 순간 복받쳐 오른 감정 때문이었을지도 모릅니다. 책을 읽고 나서 에고의 벽을 더 높이 쌓는 대신, 바주데바처럼 배운 것이 하나 없이도 강과의 대화로 깨달음을 얻는 방법을 찾아보는 것은 어떨까요?

실천 방안

깊은 경청 연습 : 다른 사람의 이야기를 들을 때, 진정으로 경청해 보세요. 말을 할 때마다 상대방의 말에 귀를 기울이고, 그들의 감정과 생각을 이해하려고 노력하세요.

명상과 사색 : 명상과 사색을 통해 자신의 내면을 들여다보세요. 자신과의 대화를 통해 더 깊은 깨달음을 얻을 수 있습니다.

자기 성찰 : 자신의 생각과 행동을 성찰하고, 무엇이 진정한 깨달음인지 고민해 보세요. 자신의 에고와 맞서 싸우는 대신, 열린 마음으로 세상을 바라보세요.

자연과의 교감 : 자연과 교감하면서 강물의 소리, 바람의 소리 등을 경청해 보세요. 자연 속에서 얻는 평화와 깨달음을 경험하세요.

지혜 있는 사람들과의 대화 : 바주데바처럼 지혜로운 사람들과 대화를 나누며, 그들의 경청과 가르침을 통해 자신을 성장시키세요.

긍정적인 태도 유지 : 자신의 부족함을 인정하고, 긍정적인 태도로 성장하려는 노력을 기울이세요. 모든 경험에서 배우고, 성장하는 기회로 삼으세요.

질문

인생길에서 만나는 어려움은 정말 다양합니다. 돈에 대한 어려움, 부부, 부모 자식, 형제자매, 직장 동료, 친구 등 대인 관계에 대한 어려움, 미래에 대한 불안, 건강에 대한 염려, 환경 문제, 기아, 전쟁 등. 이러한 문제들이 생길 때마다 우리는 어떤 현자가 나타나 해답을 주기를 바라죠. 그리고 책이나 종교, 네이버, 구글 등에서 답을 찾으려고 합니다.
하지만 지금껏 그래왔듯 문제는 늘 또 있었고, 해답을 모를 일은 끊임없이 생겨났습니다. 태어나서 지금까지 문제에 대한 해답을 구했지만 끝이 나지 않은 이유는 무엇일까요? 아마도 모든 문제의 해답을 얻는 순서를 잘못 알고 있는 것 아닐까요?
좋은 해답은 명확한 질문에서 시작되는 것 같습니다. 검색엔진도 글자 하나가 틀리면 엉뚱한 답을 내놓죠. 정확한 질문이 정확한 해답으로 가는 지름길입니다. 정확한 질문의 대상을 꼭 외부에서 찾을 필요는 없습니다. 대부분 내 마음을 불편하게 하는 인간관계에 대한 질문은 나 자신에게 해야 합니다. 내 안에 해답이 있습니다.
수많은 문제의 해답을 찾기 전에 명확한 질문을 먼저 해보세요. 어쩌면 그 질문 안에 해답이 포함되어 있을 수 있습니다.

실천 방안

자기 성찰 : 문제에 직면했을 때, 먼저 자신에게 질문해 보세요. "이 문제가 왜 나를 불편하게 만드는가?" "내가 바라는 진정한 해답은 무엇인가?"와 같은 질문을 통해 문제의 근본을 탐구하세요.
명확한 질문 작성 : 문제를 명확하게 정의하고, 그에 대한 구체적인 질문을 작성하세요. 예를 들어, "이 문제의 원인은 무엇인가?" "어떻게 해결할 수 있는가?" 등 명확한 질문을 작성합니다.
조용한 시간 갖기 : 조용한 시간을 갖고, 자신의 내면에 집중하세요. 명상을 하거나, 사색을 통해 내면의 목소리를 들어보세요. 자신의 내면에서 해답을 찾는 시간이 필요합니다.
기록하기 : 문제와 질문에 대한 생각을 기록해보세요. 일기를 쓰거나, 노트를 통해 자신의 생각을 정리하면 더 명확한 해답을 찾는 데 도움이 됩니다.
상담과 토론 : 문제에 대해 신뢰할 수 있는 사람과 상담하거나 토론해보세요. 다른 사람의 시각과 조언을 통해 문제를 더 명확하게 이해하고, 새로운 해답을 얻을 수 있습니다.
긍정적인 태도 유지 : 문제에 대해 긍정적인 태도를 유지하고, 해결책을 찾는 과정을 즐기세요. 문제가 성장과 배움의 기회라는 점을 기억하세요.

박수칠 때 떠나라

인간의 욕망 중에서 가장 강력한 욕구 중 하나는 인정의 욕구입니다. 인간은 사회적 동물입니다. 무리 속에서 자신의 능력을 인정받고 싶은 욕구는 살아가는 중요한 에너지원입니다. 연예인, 스포츠 스타, 작가, 예술가 등 타인의 인정이 그들의 가치를 판단하는 기준이 되기도 합니다.
인정의 욕구는 곧 인기의 정도가 욕구를 충족시켜준다는 측면에서 인기관리에 많은 공을 들이는 것이 사실입니다. 주변을 보면 유난히 인기가 많은 사람이 있습니다. 대부분 그런 사람은 회사에서는 성과나 실적이 우수한 사람, 친구 관계에서는 다른 사람의 얘기를 잘 들어주고 돈을 잘 쓰는 사람, 어떤 자리든 항상 초대받는 사람 등입니다.
그러나 인기나 인정의 욕구가 너무 강하거나 크다 보면 자신이 살아가야 될 인생을 설계하는 데 장애가 되는 경우가 많습니다. 개인의 삶의 방향과 행복을 찾아가는 길에 인정의 욕구가 장애가 되지 않는지 살펴야 할 일입니다.
"박수칠 때 떠나라"는 말은 누구나 인정하고 인기가 절정일 때 그 자리나 업종에서 은퇴해서 자신의 삶의 가치를 중심에 두고, 인정의 욕구나 인기에 연연하지 않는 인생을 살아가는 선택을 한 사람을 부러워하는 것입니다. 이는 인생의 자유와 행복이 꼭 인기나 인정의 욕구가 채워져야 되는 것은 아니라는 증거이기도 합니다.
박수를 받고 있습니까? 인기가 절정에 이르렀습니까? 주변 사람들의 칭찬이 극에 달했다고 생각되십니까? 그렇다면 떠나십시오. 박수칠 때 떠나는 용기는 아무나 할 수 있는 것이 아닙니다. 어쩌면 박수칠 때 떠나는 용기가 당신의 인생을 한 단계 성숙시킬 것이라 생각됩니다. 우리 그 자유와 행복의 길 여정에서 만납시다.

실천 방안

자기 성찰 : 현재의 인생에서 인정의 욕구가 나의 삶에 어떤 영향을 미치는지 성찰해보세요. 내가 진정으로 원하는 것이 무엇인지 고민해보세요.
균형 잡힌 삶 : 인기와 인정에 연연하지 않고, 자신의 가치를 중심에 두고 균형 잡힌 삶을 살아가도록 노력하세요. 자신의 내면을 강화하는 것이 중요합니다.
은퇴와 새로운 시작 : 자신의 인생에서 언제 떠나야 할지를 미리 계획하세요. 박수칠 때 떠나는 용기를 가지며, 새로운 시작을 준비하세요.
감정 조절 : 인정의 욕구가 너무 강해질 때, 감정을 조절하는 방법을 배워보세요. 명상이나 심호흡 등을 통해 마음을 다스리는 연습을 하세요.
다양한 가치 추구 : 인정이나 인기에 연연하지 않고, 다양한 가치를 추구해보세요. 새로운 취미나 관심사를 발견하고, 다양한 분야에서 자신의 가치를 찾으세요.
타인과의 소통 : 타인과 진정성 있는 소통을 통해, 인기보다는 진정한 관계를 형성하세요. 사람들과의 깊은 유대가 더욱 중요합니다.

자존감

자존감은 생존에 필요한 쌀과 같습니다. 반도체를 산업의 쌀이라고 하는 것처럼, 인간에게 자존감이란 산업의 반도체와 같습니다.
자존감이란 나를 인정하는 나, 나를 사랑하는 나, 나를 귀하게 여기는 나에서 출발합니다. 세상의 모든 현상은 내가 존재함으로 생겨나는 것이기에, 스스로의 자존감을 지킬 필요가 있습니다. 자존감과 자만심의 차이를 이해하지 못하면, 식탐을 끊지 못하고 적정 체중을 유지하기 힘든 것과 마찬가지로, 자존감을 유지하는 데 어려움이 생깁니다.
자존감의 에너지는 내면으로부터 나옵니다. 인간은 인정의 욕구로 존재 가치를 느끼지만, 내 스스로부터 나오는 에너지가 자존감의 원천이고, 타인의 인정의 에너지로 생기는 자만심과는 다릅니다.
자존감은 타인의 칭찬이나 관심에 흔들리지 않고, 나를 싫어하는 사람도 있고 그 사람도 함께 살아가야 한다는 걸 인정하는 삶입니다. 나도 누군가를 싫어하듯, 나를 누군가가 싫어할 수도 있습니다. 내가 누군가를 미워하는 이유가 주관적 기준이라면, 나를 미워하는 그 사람의 기준도 존중해야 합니다.
자존감은 내가 나를 사랑하는 것이지, 타인의 사랑을 필요로 하지 않습니다. 반대로 자만심은 외부로부터 오는 에너지를 필요로 합니다. 누군가 나에게 관심을 가져주고, SNS에 댓글을 달아주고, 좋아요를 눌러주고, 내가 타고 다니는 차, 입고 있는 옷, 명품 가방 등에 관심을 가져주면 순간의 만족감을 높여줍니다. 그러나 금세 사라지는 관심을 돌리고자 하는 욕구는 끊임없이 재생산됩니다.
자만심은 외부의 에너지만으로 생존 가능하지만, 그것은 언제나 사라질 수 있는 공허함을 동반합니다. 그 공허함을 채우지 못해 인정의 욕구 불만족으로 인한 결과가 극단적인 경우 자살로 이어질 수 있습니다.
자존감이 강한 사람은 스스로 만족하고 고요함 속에서 자라며, 세상의 무관심과 멀리 떨어져 있어도 인정해주는 사람 하나 없이도 홀로 행복한 길을 갈 수 있습니다.

실천 방안

자기 사랑 연습 : 매일 자신을 사랑하고, 자기 자신에게 긍정적인 말을 해보세요. 자신의 장점을 인식하고, 자신을 칭찬하는 시간을 가지세요.
외부의 인정에 의존하지 않기 : 타인의 칭찬이나 관심에 일희일비하지 말고, 내면의 평화를 찾는 방법을 연습하세요. 외부의 인정에 의존하지 않도록 노력합니다.
자기 성찰 : 정기적으로 자신의 행동과 감정을 성찰하고, 자존감을 높이는 방법을 찾아보세요. 자신의 내면을 들여다보고, 내면의 평화를 찾는 시간을 가지세요.
비교하지 않기 : 자신을 다른 사람과 비교하지 말고, 자신의 고유한 가치를 인정하세요. 비교하는 대신, 자신의 성장을 위해 노력하세요.
긍정적인 관계 유지 : 자신을 인정해주고, 긍정적인 에너지를 주는 사람들과의 관계를 유지하세요. 부정적인 영향을 주는 사람들과는 거리를 두는 것이 좋습니다.
자기 계발과 성장 : 끊임없이 자기 계발과 성장을 위해 노력하세요. 새로운 취미나 기술을 배우고, 자신의 목표를 향해 노력하는 과정을 즐기세요.

다름과 더 나음의 차이

창조라는 개념을 정리하기가 어려울 수 있습니다. 진정한 창조는 단순히 다름이 아닌, 더 나음을 의미합니다.
인간은 저마다 살아가는 환경과 경험한 정도치가 다 다릅니다. 부모님, 직업, 국가, 시대별로 다양한 경험을 하면서 살아갑니다. 우리가 세상에서 경험한 것은 세상의 극히 일부에 불과하다는 것을 잘 알고 있습니다. 어부는 고기 잡는 법을, 농부는 농사짓는 법을, 각자 살아온 환경에서 경험한 것이 다를 것입니다.
창조란 각자 경험해서 알고 있는 기존의 방식보다 더 나은 결과를 만드는 방법을 이야기하는 것입니다. 단순히 이전과 다른 것이 창조가 아닙니다. 다름과 더 나음의 차이를 이해하지 못하면 단순한 변화일 뿐입니다. 만약 어떤 방식의 변화가 더 나은 결과를 가져오지 못한다면, 그것은 다름이지 더 나음이 아닙니다.
더 나음의 길로 가기 위해서는 기존의 방식을 반복하지 않고, 더 나은 방식을 찾는 데 게으르지 않아야 합니다. 경제적 자유와 시간의 자유도 더 나음으로 향한 열정과 행동이 지속되는 과정에서 이루어집니다. 로또 복권 당첨처럼 갑자기 이루어지는 것이 아닙니다.
늘 겸손해야 합니다. 혹시 내가 무엇을 잘 안다고 생각하고 있다면, 그때를 조심해야 합니다. 다름과 더 나음은 같은 색, 같은 옷을 입고 쌍둥이처럼 다가오기 때문에 쉽게 구별하지 못합니다. 진정한 더 나음은 눈에 보이는 결과도 중요하지만, 눈에 보이지 않는 것을 더 중요하게 생각해야 합니다.

실천 방안

현재 방식 성찰 : 현재의 방식을 성찰하고, 더 나은 방법을 찾기 위해 고민하세요. 변화의 필요성을 인식합니다.

지속적인 개선 노력 : 더 나은 결과를 만들기 위해 지속적으로 노력하세요. 작은 변화도 꾸준히 시도하여 개선합니다.

창의적 사고 : 창의적인 사고를 통해 새로운 아이디어를 찾아보세요. 새로운 시도를 두려워하지 않고 도전합니다.

겸손한 태도 유지 : 자신의 성과에 자만하지 않고, 항상 배울 자세를 유지하세요. 주변 사람들의 의견을 경청하고, 개선의 여지를 찾습니다.

긍정적인 변화 추구 : 긍정적인 변화를 추구하며, 더 나은 결과를 목표로 삼으세요. 변화는 항상 긍정적인 방향으로 이루어져야 합니다.

성공과 실패의 균형 : 성공과 실패를 균형 있게 받아들이고, 실패를 통해 배우는 자세를 가지세요. 실패는 더 나은 결과를 위한 배움의 기회입니다.

내 생각을 믿지 마라

숨을 센다는 단순한 일을 왜 할까요? 숨을 열 개를 세는 과정에서 반드시 만나게 될 소음이 있습니다. 그것은 바로 생각의 파도로 인한 소음입니다.
대부분의 사람들은 인생에서 단 한 번도 자신의 생각과 정면으로 마주하지 않고, 내 생각이 어디로 가는지 모르고 살아갑니다. 그러나 호흡을 열 개 세는 순간부터 내 안에서 생각이 들불처럼 일어난다는 것을 알게 됩니다. 그리고 내 생각이 믿을 만한 것이 아니라는 것을 깨닫게 될 것입니다. 왜냐하면 그 생각에는 실재하는 실체가 없고, 그동안 내 뇌 속에 진실이나 진리인지의 여부를 떠나 내 맘대로 포장한, 참인지 거짓인지를 떠나 내가 만들어 놓은 세계에 갇혀 있는 나를 만나게 될 것입니다.
숨을 세는 과정에서 가장 먼저 부딪치는 것은 내 생각이 정말 형편없이 잘못 메모리 되어 있다는 것과, 대부분 틀린 생각일 수도 있다는 사실입니다. 심지어 배가 고프다거나 슬프다, 기쁘다, 즐겁다, 웃기다 등 본능에 관한 지각조차도 틀릴 수 있습니다.
숨을 세는 동안 마주하는 내 생각을 잘 바라보세요. 그리고 그 과정에서 발견한 내 생각의 허구를 알아차리고 그 생각을 내려놓으세요. 그러면 숨 열 개를 세는 일이 수월해질 수 있습니다.

실천 방안

숨 세기 연습 : 호흡을 세며 자신의 생각을 관찰하세요. 매일 10분씩 숨을 열 개 세는 연습을 통해 내 생각과 마주해 보세요.
생각의 허구 인식 : 떠오르는 생각들이 모두 진실이 아니라는 사실을 인식하세요. 생각의 허구를 깨닫고, 그 생각을 내려놓는 연습을 합니다.
명상과 마음 챙김 : 명상과 마음 챙김을 통해 내면의 평화를 찾으세요. 마음을 차분히 가라앉히고 현재 순간에 집중하는 연습을 합니다.
객관적 관찰 : 자신의 생각을 객관적으로 관찰하고, 그 생각이 어디에서 오는지 탐구하세요. 생각의 출처를 파악하고, 그것이 나를 어떻게 움직이는지 이해합니다.
긍정적 변화 추구 : 부정적인 생각을 긍정적인 생각으로 바꾸려는 노력을 기울이세요. 생각의 패턴을 바꾸어 더 나은 삶을 살아갑니다.
자기 성찰 : 정기적으로 자기 성찰을 통해 내면의 변화를 점검하세요. 성찰을 통해 더 깊이 있는 자기 이해를 도모합니다.

조작된 도시

영화 '조작된 도시'는 2017년에 개봉된 영화로, 지창욱과 심은경이 주연을 맡은 액션 스릴러 영화입니다. 이 영화는 완성도 높은 수작으로 평가받고 있습니다. 민천상이라는 국선변호사가 국가 지도층의 자녀들이 저지른 살인 등의 범죄를 의뢰받아 고액의 돈을 받고 조작된 증거를 만들어 범인을 바꿔치기 하는 내용입니다. 그 과정에서 살인자로 조작된 권유 역의 지창욱이 진실을 찾아가는 과정을 그린 영화입니다.

우리는 얼마나 참진실과 조작된 진실을 구분할 수 있을까요? 조작된 뉴스, 조작된 수사, 조작된 종교, 조작된 정보, 조작된 시장. 그 수많은 조작이 가능한 이유는 사피엔스의 뇌가 조작과 진실을 구분하지 못하기 때문입니다.

조작된 진실이 수억이란 사람에 의해 오랜 시간 동안 믿어지면 그것은 종교가 됩니다. 한 국가가 조작된 진실을 믿으면 북한 같은 나라, 천왕을 신으로 믿던 제국주의 일본, 파시스트 히틀러의 독일이 됩니다. 그 결과로 얼마나 많은 조작되고 충성된 살생이 진실이 되었을까요?

현재도 도처에 조작된 진실이 깔려 있고, 누군가는 조작된 가짜뉴스를 조작된 수사를 통해 조작된 진실로 보도하는 데 혈안이 되어 있습니다. 수많은 언론과 시민방송, 유튜버, SNS 등을 통해 진실로 착각하는 수많은 사람들의 대척점이 주말마다 광화문 이순신 장군과 세종대왕을 얼마나 괴롭히고 있는가요?

진실은 실제로 생긴 일이고, 조작도 실제로 생긴 일입니다. 이 두 가지를 당신의 뇌는 진정 구분할 수 있나요?

진실과 조작된 진실을 구분하기 위해서는 조작된 나의 뇌 구조를 살펴야 합니다. 질문하고 질문해보세요. 진짜로 이것이 당신이 주체적으로 판단한 옳음인지, 아니면 본인의 이익과 거짓을 은폐하기 위한 수단으로 누군가에 의해 조작되고 가공되어 공급된 자연산 무공해를 가장한 인스턴트 식품 같은 진실인지. 예를 들어, 양식과 자연산 회, 중국산 참깨와 국산 참깨를 구분할 수 있는 방법은 먹어보는 것이 아니라 농수산물 검사소 결과를 기다리는 것입니다.
당신은 전문가가 아닙니다. 기다리세요. 그리고 깨어 있으세요. 진실은 믿는 사람의 숫자나 믿어온 시간과 비례하지 않습니다. 당신의 뇌 안의 조작된 옳음을 한 번쯤 진실로 내려놓고, 밖으로 향해 진실을 찾아 헤매던 에너지를 내면세계로 돌려 반문해보세요.
"나는 지금 색안경을 벗었나?" 그 내면의 소리에 주의 깊게 귀 기울이면 진실의 문이 열리는 소리를 들을 것입니다.

실천 방안

비판적 사고 기르기 : 다양한 정보에 대해 비판적으로 사고하고, 진실과 조작된 진실을 구분하는 능력을 키우세요. 정보의 출처를 확인하고, 여러 출처를 비교하는 습관을 기르세요.
내면 탐구 : 자신을 성찰하고, 내면의 진실을 찾아보세요. 자신의 생각과 감정을 객관적으로 바라보고, 조작된 옳음을 진실로 내려놓는 연습을 합니다.
정보 검증 : 중요하거나 민감한 정보는 반드시 검증하세요. 신뢰할 수 있는 전문가나 기관의 의견을 참고하고, 정보를 여러 차례 검토하는 것이 중요합니다.
논리적 사고 : 논리적으로 사고하고, 감정에 휘둘리지 않도록 합니다. 사실과 의견을 구분하고, 논리적 근거에 기반한 결정을 내리세요.
지속적인 학습 : 최신 정보를 지속적으로 학습하고, 변화하는 세상에 적응하세요. 새로운 지식을 습득하며, 정보를 정확히 이해하는 능력을 키웁니다.
공유와 토론 : 다양한 사람들과 정보를 공유하고, 토론을 통해 더 깊이 있는 이해를 도모하세요. 서로의 의견을 존중하며, 진실을 찾아가는 과정을 함께합니다.

실수와 포기

이건 분명 부정적인 단어입니다. 그러나 성공과 동의어이기도 합니다. 실수가 많다는 건 익숙한 일이 아닌 새로운 일을 시작했거나, 아니면 어제 하던 업무량보다 갑자기 늘어난 업무량 때문입니다. 일상에 업무가 바뀌거나 새로운 일이 추가되면 뇌에서 처리해 낼 수 있는 총량보다 업무가 과중하다는 증거입니다. 이는 성공의 전조 증상입니다.

사람도 단순한 업무를 반복적으로 하는 일은 실수를 잘 하지 않습니다. 그리고 라면 끓이는 일처럼 단순한 요리나 목욕탕 입구에서 돈 받는 일처럼 같은 금액을 결제하는 일 같은 경우도 마찬가지입니다. 실수가 많아졌다는 것은 지금 막 자신의 뇌의 능력을 향상시킬 수 있는 기회가 온 것입니다.

부자가 된다는 것은 보통 사람 보기에 어렵다고 느껴지는 것들을 능수능란하고 쉽게 하는 능력이 생겼다는 것입니다. 능력이 출중한 사람은 과거의 무수히 많은 큰 실수, 작은 실수를 자주하면서 그 실수의 횟수를 줄여 나가는 과정을 거쳐서 자신의 뇌의 업무 처리 능력과 몸이 기억하는 일의 처리 능력을 극대치로 올린 상태로 자기를 승화시켰다는 이야기입니다.

모든 쟁이, 즉 전문가는 반복된 실수를 극복하는 과정에서 나옵니다. 그 과정을 거치는 동안 무수히 많은 사람이 포기합니다. 내가 실수를 극복하지 못하고 포기하고 싶다는 생각이 들 때면 이제 성공이 가까이 와 있다는 증거입니다. 왜냐하면 같이 출발한 많은 사람들 역시 포기하고 싶어질 것이기 때문입니다.

철인3종 경기를 하면서 느낀 것은 포기하지 않은 사람만 피니시 라인을 통과할 수 있다는 것입니다. 예를 들어, 2018년 가을에 통영 철인3종 경기 대회를 준비하면서 수영 종목을 연습했는데, 2018년 4월부터 약 30회 정도 자유형

레슨만 받고 7월에 해운대 해수욕장에서 최초로 장거리 바다 수영을 했습니다. 허리에 부위 차고 가다 쉬다를 하면서 도전한 수영이 그 이듬해 포항에서 하는 5km 장거리 바다 수영 대회를 완주했습니다. 물론 거의 꼴찌에 가까운 기록이었지만, 골인 지점을 통과한 건 포기하지 않고 계속 나아갔기 때문입니다.

포기하고 싶다면 성공이 가까이 와 있다는 징표입니다. 명심하세요. 성공은 실수와 포기를 능수능란으로 바꾸는 과정에서 따라옵니다. 2023년, 모두가 어떤 분야이든 성공을 이루는 한 해가 되시기를 기원드립니다.

실천 방안

실수 받아들이기 : 실수를 두려워하지 말고, 그것을 성장의 기회로 삼으세요. 실수에서 배우고 개선하려는 자세를 가지세요.

끈기와 인내 : 어려운 상황에서도 끈기와 인내를 발휘하세요. 포기하지 않고 계속 도전하면 성공이 가까워질 것입니다.

목표 설정 : 구체적인 목표를 설정하고, 그 목표를 향해 꾸준히 노력하세요. 작은 성취를 통해 자신감을 키우고, 더 큰 목표를 향해 나아갑니다.

자기 성찰 : 정기적으로 자신의 행동과 실수를 성찰하고, 개선할 점을 찾으세요. 자기 성찰을 통해 더 나은 자신을 만들어갑니다.

지원 시스템 활용 : 어려운 상황에서 지원을 받을 수 있는 시스템이나 사람들을 찾으세요. 동료나 멘토의 도움을 받아 더 큰 성장을 이룰 수 있습니다.

긍정적인 태도 유지 : 긍정적인 태도를 유지하고, 실패를 두려워하지 마세요. 긍정적인 마인드는 성공으로 가는 길에 큰 도움이 됩니다.

시간, 시계, 방향

당신의 시계는 몇 시입니까? 사람마다 각자의 시계가 있습니다. 어떤 사람의 시계는 밤 11시를 가리키고 있고, 어떤 사람의 시계는 아침 6시를 가리키고 있습니다. 국가별 시간의 차이가 아닌 각자의 시계가 다른 이유는 방향 때문입니다.
마라톤을 하다 보면 기록에 집착해서 시간에 쫓기면서 뛰면 후반에 오버페이스로 기록이 엉망이 되는 경우가 있습니다.
삶의 성공은 휴대폰에 꽉 찬 일정표와 비례하지 않습니다. 앞만 보고 뛰다 보면 내 페이스를 놓치기 쉽습니다.
마라톤에서의 개인 최고 기록은 하프코스 1시간 44분 이내, 10km 44분 이내입니다. 가장 좋은 기록이 나왔을 때의 공통점은 시간을 앞지르지도, 시간에 집착하지도 않고 뛰었을 때였습니다.
열심히 사는 사람과 성공한 사람의 차이는 손목에 무엇을 차고 있는가를 보면 알 수 있습니다. 당신의 손목에 시계를 차고 있습니까? 나침반을 차고 있습니까?
성공의 시계는 24시간이 아닙니다. 성공의 시계는 기록이 아닙니다. 성공의 시계는 방향입니다. 방향을 잡는 것이 속도보다 중요하고, 시간보다 중요합니다. 더 많은 것, 더 빠른 것에 집착하는 사람은 결국 방향을 잃어버립니다. 방향을 잃은 배는 아무리 성능이 좋아도 항구에 닿을 수 없습니다.
한순간 당신 통장에 잔고가 많아진다고 부자가 되는 것이 아니고, 로또 1등 당첨자 대부분 불행한 결말을 맞이한다는 사실을 잊어서는 안 됩니다.
시계에 집착을 버리고 방향을 정하세요. 그리고 부는 바람 따라 시간과 함께 하세요. 그러면 어느덧 배는 항구에 닿을 것입니다.

실천 방안

목표 설정 : 자신의 인생 목표를 설정하고, 그 목표를 향한 방향을 잡으세요. 목표가 명확할수록 방향을 잃지 않고 나아갈 수 있습니다.
자신의 페이스 유지 : 다른 사람의 속도에 휘둘리지 말고, 자신의 페이스를 유지하세요. 자신에게 맞는 속도로 꾸준히 나아가세요.
우선순위 설정 : 무엇이 중요한지 우선순위를 설정하고, 그에 따라 행동하세요. 중요하지 않은 일에 시간을 낭비하지 않도록 합니다.
성찰과 조정 : 정기적으로 자신의 방향과 목표를 성찰하고, 필요할 때 조정하세요. 성찰을 통해 더 나은 방향으로 나아갈 수 있습니다.
유연한 사고 : 변화에 유연하게 대처하고, 예상치 못한 상황에서도 방향을 잃지 않도록 합니다. 유연한 사고가 중요한 순간에 큰 도움이 됩니다.
긍정적인 태도 유지 : 긍정적인 태도를 유지하며, 목표를 향해 나아가세요. 긍정적인 마인드는 도전을 이겨내는 데 중요한 역할을 합니다.

인간관계

아무리 득도한 부처나 예수도 인간관계가 제일 힘든 일입니다. 인간관계가 어렵고 힘든 이유는 다양합니다. 이와 관련된 명저서들이 셀 수 없이 많이 있고, 심리학, 연애심리학, 대화심리학뿐만 아니라 주식 투자나 부동산 채권 투자도 결국은 심리게임이라는 말이 있습니다. 인간관계의 어려움을 겪는 경우는 대개 자기 자신과의 관계의 기술이 숙련되지 않은 이유에서 비롯되는 경우가 많습니다.

세상에서 가장 많은 대화를 나눈 상대는 하느님도 아니고 부모도 친구도 아닌 바로 나 자신입니다. 어떤 경우든 나와의 대화를 통해서 얻어진 결론을 가지고 타인과의 인간관계를 할 수밖에 없습니다. 그렇게 나는 소중한 사람입니다. 시간이 되는 대로 자신과 묻고 대답하고, 묻고 대답하기를 자주 하는 사람은 타인과의 인간관계로 느끼는 고통이 적습니다. 왜냐하면 내가 묻고 내가 대답해도 모든 일에 대한 답변이 한결같지 않고 변하는 걸 알기 때문에 타인이 변하는 것에 대해서 다소 너그러울 수 있습니다.

예를 들어, 직장에서 상사가 나에게 화를 냈을 때, 그 화를 집에서 가족에게 풀지 않고 스스로 다스리는 것은 인간관계에서 중요한 기술입니다. 또 다른 예로는 친구와 의견 충돌이 생겼을 때, 내가 먼저 상황을 되돌아보고 내 생각이 맞는지 고민하는 것입니다. 이러한 자문자답의 과정이 반복되면 타인의 변화를 이해하고 수용하는 능력이 길러집니다.

인간관계의 최고의 고통은 나와 다른 생각과 행동을 하는 타인 때문이라면, 나도 그 사람 기준에서 보면 똑같은 타인입니다. 그것을 깨닫는 순간 한 단계 진일보한 인간관계를 만들기 위한 시작이 될 것입니다.

실천 방안

자기 성찰 : 자신과의 대화를 통해 내면을 탐구하고, 자신의 생각과 감정을 성찰하세요. 이를 통해 자기 이해를 높이고, 타인을 이해하는 데 도움이 됩니다.
자주 자문자답하기 : 시간이 되는 대로 스스로에게 질문을 하고, 답변하는 연습을 하세요. 자기와의 대화는 인간관계에서 중요한 통찰을 제공합니다.
긍정적인 사고 : 타인의 변화에 너그러움을 가지며, 긍정적인 사고를 유지하세요. 인간관계에서의 갈등을 이해하고 수용하는 자세를 기릅니다.
감정 조절 : 화가 나는 상황에서 감정을 잘 조절하고, 타인에게 화를 전이하지 않도록 주의하세요. 명상이나 깊은 호흡을 통해 감정을 다스리는 방법을 연습합니다.
대화와 소통 : 타인과의 대화와 소통을 중요시하며, 적극적으로 경청하세요. 상대방의 입장을 이해하고, 공감하는 자세를 가지세요.
자기 성장 : 자기 성장을 위해 지속적으로 배우고, 새로운 경험을 쌓으세요. 자신의 인격을 발전시키는 과정이 인간관계를 더 원활하게 만듭니다.

그만큼 중요한 숨 01

자기 숨 열 개를 세어보세요. 사람이 태어나서 죽을 때까지 단 한 번도 자기 호흡, 즉 숨을 인식하지 못하고 죽는 이가 대부분입니다. 분당 평균 16회 정도가 평균 호흡입니다. 이 또한 심박수처럼 숫자가 작게 나오는 호흡이 평안해지면 무병장수에 크게 도움이 됩니다.

그런데 대부분 사람들은 숨을 쉬면서 본인의 숨을 인지하지 않습니다. 그런데 막상 숨 열 개만 세어보면 깜짝 놀랍니다. 왜냐하면 그 숨을 세는 동안 세고 있는 숫자 외에 다른 생각이 찰나라도 일어나면 다시 하나부터 시작해야 하기 때문입니다.

한번 시도해보세요. 내 몸을 살리고 죽이는 숨을 내가 단 열 개를 생각이 끊어진 자리, 즉 잡념이 멈춘 상태로 숨 열 개를 셀 수 있다면 그다음은 내가 구구절절 이야기하지 않아도 그다음 길은 스스로 찾기 시작할 것입니다. 숨은 생명이 드나드는 길과 같습니다.

막 태어난 아기는 숨의 수가 40회 이상입니다. 차츰 나이가 들어가면서 숨의 숫자는 줄어듭니다. 그러나 성인이 되어서도 다혈질이거나 신경질적이거나 시기, 미움, 원망, 적대감 등 감정의 처리가 잘 안 돼서 거기에 잘 휩쓸리는 사람은 숨의 숫자가 많이 나옵니다.

숨 열 개를 생각을 멈춘 상태로 세기 어렵다는 걸 바로 느낄 것입니다. 그래서 처음에는 3개부터 시작해보세요. 그리고 점차 늘려가보세요. 단, 숨을 세는 도중에 숫자 외에는 다른 생각이 한순간이라도 내 뇌를 지나간다면 처음부터 다시 시작해보세요. 열 개의 숨 갯수만 생각하면서 셀 수 있으면 새로운 세상이 열릴 것입니다.

실천 방안

호흡 명상 : 조용한 장소에서 편안히 앉아 눈을 감고 깊게 숨을 들이마시고 내쉬면서 자신의 호흡에만 집중해보세요.
일상 속 짧은 명상 : 출근 전, 점심 시간, 자기 전 등 짧은 시간을 활용하여 자신의 호흡을 인식하는 시간을 가지세요.
감정 조절 훈련 : 화가 나거나 스트레스를 받을 때, 숨을 깊게 들이마시고 내쉬며 자신을 진정시키는 연습을 해보세요.
자연 속에서 호흡 : 공원이든 산이든 자연 속에서 걷거나 앉아서 호흡을 인식하며 자연의 소리와 향기를 느껴보세요.
호흡일지 작성 : 매일 자신의 호흡을 인식한 경험과 그에 따른 느낌을 기록해보세요. 점차 자신의 변화를 확인할 수 있을 것입니다.

그만큼 중요한 숨 02

모든 종교 수행과 명상의 최고의 수행 방법으로 호흡을 이야기하는 건 그만큼 숨이 중요하기 때문일 것입니다. 가부좌를 틀고 앉아서 아니면 의자에 편히 앉아서 하든 숨을 쉬는 방법이 대부분 흉식 호흡을 하고 있습니다. 그것을 복식 호흡, 즉 배로 숨을 쉬는 방법이 먼저 선행되어야 합니다.

듣기 좋은 말로 단전호흡이니 기공호흡이니 이야기하지만 다 헛소리일 뿐입니다. 일반인은 때와 장소, 그리고 앉아 있는 방법이 방석을 깔고 가부좌 틀고 앉아서 호흡 명상하면 무릎만 망가집니다. 그냥 의자에 편히 앉아서 허리만 바로 세워서 숨이 코를 통해서 배꼽 아래까지 잘 내려가도록 하시기만 하면 됩니다. 서서 하셔도 되고 심지어 천천히 걸으면서 숨 쉬는 연습하셔도 됩니다.

저는 시도 때도 없이 합니다. 예를 들어 내 예상과 다른 방향으로 일이 진행되거나 예상하지 못한 나쁜 일이 발생하거나 어떤 경우든 숨부터 챙깁니다. 얼마나 번뇌의 구름이 지나가는지는 숨에 집중하자마자 바로 알 수 있습니다. 숨 말고 숨 갯수 말고 온갖 생각의 미세먼지가 매우 나쁨 수치까지 올라가 있으면 멈추어야 합니다. 멈추지 않으면 나 자신과 그리고 가까이 있는 타인이 화를 입습니다.

일단 멈춤 후 숨만 들여다보세요. 코로 드나드는 들숨과 날숨에만 집중하고 뇌, 심장, 근육, 폐 등 신체 장기 전체를 이완해보세요. 어느 순간 우주적 기운이 내 몸 어딘가로 들어오는 걸 느끼실 겁니다. 숨을 관찰해보세요. 다른 세상이 열릴 것입니다.

실천 방안

호흡 명상 : 조용한 장소에서 편안히 앉아 눈을 감고 깊게 숨을 들이마시고 내쉬면서 자신의 호흡에만 집중해보세요.
일상 속 짧은 명상 : 출근 전, 점심 시간, 자기 전 등 짧은 시간을 활용하여 자신의 호흡을 인식하는 시간을 가지세요.
감정 조절 훈련 : 화가 나거나 스트레스를 받을 때, 숨을 깊게 들이마시고 내쉬며 자신을 진정시키는 연습을 해보세요.
자연 속에서 호흡 : 공원이든 산이든 자연 속에서 걷거나 앉아서 호흡을 인식하며 자연의 소리와 향기를 느껴보세요.
호흡일지 작성 : 매일 자신의 호흡을 인식한 경험과 그에 따른 느낌을 기록해보세요. 점차 자신의 변화를 확인할 수 있을 것입니다.

세상을 살면서 필요한 훈련 01

세상에 일어나는 어떤 일이건 누군가에게만 특별하게 큰 고통으로 오지는 않습니다. 그러나 사람마다 그 고통을 감당하는 정도가 차이 나는 건 무슨 일일까요? 체력적인 문제이건 정신적인 문제이건 트레이닝 상태에 따라 달라지는 건 아닐까 생각됩니다. 아무리 잘 트레이닝된 국가대표 운동선수라고 하더라도 그 트레이닝을 중단하고 시간이 오래 지나면 동호회 선수보다 못한 경우가 허다합니다.

고통을 견뎌내는 것도 같은 행동을 반복하고 고통의 강도가 강한 자극을 자주 경험해본 사람은 고통을 견뎌내는 지수가 월등히 앞섭니다. 정신력이나 마음챙기기, 이완하기, 숨 관찰하기 등도 타고난 천재보다는 자신의 정신세계도 유기적인 어떤 흐름의 상태인 걸 인정하고 꾸준한 훈련을 통해 성장하는 데 필요한 것입니다.

화 다스리기

침묵할 일과 투쟁해야 할 일 구분하기

기다릴 때와 행동할 때를 알아가기

미워하는 사람과 함께 공존하면서 스트레스 받지 않기

아내나 남편과 다른 생각, 다른 취향, 다른 많은 것들로 인해 다투지 않기

혼자도 외롭지 않은 삶을 알아가기

타인이 아닌 자신과의 대화 자주하기

산책과 사색을 자주하기

많은 것들이 어떤 것과 함께 공존하는 방법을 찾아가기 위한 훈련 과정이라고 생각한다면, 그 어떤 일이든 스스로 더 나은 나를 위한 여행으로 생각할 수 있지 않을까요?

실천 방안

꾸준한 훈련 : 매일 정해진 시간에 마음챙기기나 이완 훈련을 통해 자신의 정신력을 강화합니다.

자기 성찰 : 하루를 마무리할 때 오늘의 행동과 감정을 돌아보며 반성하고 개선점을 찾습니다.

작은 목표 설정 : 작고 구체적인 목표를 세우고 이를 달성함으로써 성취감을 느낍니다.

긍정적인 사고 : 어려운 상황에서도 긍정적인 측면을 찾아내고, 이를 통해 스트레스를 줄입니다.

지속적인 학습 : 새로운 지식이나 기술을 배우며 자신의 성장과 발전을 도모합니다.

세상을 살면서 필요한 훈련 02

이미 생긴 일은 어떤 경우든 변할 수 없습니다. 그것이 좋은 일이든 나쁜 일이든. 만약 당신이 보이스피싱 사기로 큰돈을 날렸다면 그 생긴 일이 변하지는 않습니다. 단지 그 다음 단계인 그 일을(보이스피싱 당한 일) 어떻게 대할 것인가만 남아 있습니다. 그러나 많은 사람들이 지나간 시간에 일어났던 일 중 나쁜 일에 발목이 잡혀서 그 일이 있기 전으로 잘 돌아가지 못하는 이유가 무엇일까요?
그리고 만약 같은 연령, 같은 재산 상태에 비슷한 연봉을 가진 두 사람이 순자산 5억인 사람이 보이스피싱으로 똑같이 3억의 손실을 입었다면 물리적으로 상실감의 크기는 같아야 하나 실제로 두 사람이 그 이후 그 일을 대하는 태도와 그 일로 인해 받은 고통이 확연히 다르다면 일어난 일과 고통과 상관관계 지수가 같지 않은 이유가 뭘까요?
아마도 그것은 두 사람의 상황에 대한 훈련 상태가 크게 차이 난 결과가 아닌가 생각합니다. 여기서 상황에 대한 훈련이란 직접 체험한 것과 간접 체험한 것의 합이 될 것입니다. 평소 두 사람은 그 일(보이스피싱) 사기를 당하기 전 타인에게 일어나는 불행에 대한 공감 능력에 현격한 차이가 있었을 가능성이 큽니다. 타인의 불행을 자기와 동일시해서 늘 가슴 아파하고 슬픈 일을 함께 슬퍼한 사람일수록 일어난 불행의 늪을 쉽게 빠져나올 가능성이 큽니다. 그것은 자신의 삶에 대한 사랑의 한 방법으로 평소에 불행에 대한 대처 훈련을 자주 해온 결과로 달라졌을 거라 생각합니다.
잊지 말아야 할 진리는 그 어떤 일이든 이미 벌어진 일은 변하지 않는다는 것입니다. 다만 어떻게 대처할 것인가만 남아 있을 따름입니다.

실천 방안

상황 분석 : 일어난 일에 대해 냉정하게 분석하고, 앞으로의 대처 방안을 생각합니다.

심리적 회복 : 심리적 스트레스를 줄이기 위해 명상이나 상담을 통해 마음의 평화를 찾습니다.

경험 공유 : 비슷한 경험을 한 사람들과 이야기를 나누며, 서로의 경험에서 배웁니다.

대처 계획 : 앞으로 비슷한 일이 발생하지 않도록 예방책을 마련합니다.

긍정적 마인드 : 부정적인 사건을 긍정적으로 재해석하고, 이를 성장의 기회로 삼습니다.

세상을 살면서 필요한 훈련 03

많은 일들이 처음 생각한 의도대로 가지 않은 이유가 내 경험으로 반추해보건대 외부의 영향보다는 내부적 영향이 더 많았던 것 같습니다. 내부적 영향의 핵심은 브레이크 고장입니다. 아무리 엔진 성능이 뛰어난 자동차도 브레이크가 고장 난 상태로 운전을 한다면 큰 사고로 연결될 수밖에 없는 이치는 자명한 일입니다. 이렇듯 가야 할 때와 멈춰야 할 때를 구분하는 훈련이 삶과 대인관계를 성공적으로 만드는 핵심 키워드입니다.

내 인생이 힘들다고 느꼈던 과거의 시간들을 돌이켜 보면 대부분 브레이크가 고장 난 상태였다고 기억됩니다. 말을 할 때와 안 할 때, 화가 일어나서 내 온몸과 정신을 지배할 때, 사람 관계를 이어가거나 정리할 때, 사업이나 하는 일의 속도 조절, 본인의 자본 능력 대비해 과한 욕심으로 가득 차 있을 때, 주식 투자나 부동산 투자 등 재산을 늘리기 위한 투자 타이밍 잡을 때, 새로운 사업 창업을 준비할 때, 인생의 행로의 대부분의 결정이 엑셀보다는 브레이크를 밟을 때를 알아야 하고 브레이크를 밟은 후 시간을 기다리고 관찰해야 합니다.

내가 서 있는 정확한 자리는 달릴 때는 정확히 알기가 어렵습니다. 멈춤으로 보입니다. 멈춘 다음 정확히 관찰한 후에야 다음 단계를 어떻게 대응할 것인가 판단할 수 있습니다. 인생의 성공에 꼭 필요한 브레이크 밟는 훈련. 깊이 숨을 들이마시고 생각의 속도를 멈춘 후 자 이제 엑셀을 밟을까. 스스로 질문해보면 그 다음 가야 될 길이 의외로 쉽게 보일 것입니다.

실천 방안

상황 판단 훈련 : 상황을 정확하게 판단하기 위해 멈추고 깊게 생각하는 연습을 합니다.
브레이크 훈련 : 일상생활에서 때때로 멈추고 자신을 돌아보는 시간을 가지며, 감정을 조절하는 연습을 합니다.
목표 설정과 점검 : 목표를 설정하고 주기적으로 점검하여, 적절한 시점에 멈추고 방향을 조정합니다.
대화 조절 : 대화 중 감정이 격해질 때 잠시 멈추고, 차분하게 생각한 후 다시 대화를 이어갑니다.
투자 계획 : 투자를 할 때도 멈추고 충분히 조사하고 분석한 후 결정하는 습관을 가집니다.

세상을 살면서 필요한 훈련 04

이미 일어난 일을 바꾸는 건 불가능합니다. 그것이 좋은 일이건 나쁜 일이건 마찬가지입니다. 좋은 일이란 내 기준이지 절대적 기준도 아닙니다. 내가 사랑한 사람이 양다리 걸치고 있던 여자라면 이별을 나에게 통보하면 나쁜 일, 이별을 그놈에게 통보하고 나에게 오면 좋은 일, 한일 간 축구할 때 한국이 이기면 좋은 일, 일본이 이기면 나쁜 일. 그런데 대부분 기준을 바꾸면 일 자체가 좋은 일, 나쁜 일이 있는 것이 아닙니다. 단지 내 기준에 생각해서입니다.
훈련해야 될 일은 밖으로 일어난 일을 바꾸는 게 아닌 받아들이는 나를 바꾸는 훈련입니다. 우리는 대부분의 밖에서 일어난 일을 바꾸려고 합니다. 나를 힘들게 하는 사람을 바꾸고, 내 부탁을 거절한 그 사람이 나쁘고, 나와 다른 종교 믿는 사람을 개종시켜서 같은 신앙으로 바꾸고. 이렇게 바꾸면 내가 진정 행복해지는가? 아닙니다. 밖으로 일어난 모든 현상은 바꾸고 또 바꿔도 영원한 행복을 만들 수 없습니다.
그래서 훈련해야 될 것은 내 반응을 바꾸는 훈련입니다. 일어난 일을 바꿀 수는 없으나 그 일에 어떻게 반응할 것인가는 내가 결정할 순수한 자기 의지의 결정입니다. 일어나는 일이 좋은 일이든 나쁜 일이든 내 마음의 반응 상태를 관찰해보세요. 그리고 짧게나마 기록해보세요. 왜 그런 반응이 나왔는지 볼 수 있게 될 즈음에는 내게 일어난 일 때문이 아닌 그 일에 대해 어떻게 반응하느냐가 더 중요하다는 걸 알 수 있을 것입니다. 밖으로 일어난 일이 아닌 내가 대처할 반응에 집중합시다.

실천 방안

수용 훈련 : 일어난 일을 있는 그대로 받아들이고, 그것에 반응하는 자신의 태도를 훈련합니다.
마음챙김 연습 : 명상이나 깊은 호흡을 통해 마음을 가라앉히고, 현재 순간에 집중합니다.
감정 일지 작성 : 하루 동안 일어난 일과 그에 대한 자신의 반응을 기록하여, 패턴을 분석하고 개선합니다.
긍정적 재해석 : 부정적인 사건을 긍정적으로 재해석하려는 노력을 통해, 더 나은 반응을 유도합니다.
상황 대처 연습 : 다양한 상황을 상상하며, 각각에 대해 어떻게 반응할지 미리 연습해봅니다.

끈기와 끊기

받침 하나 차이인데 두 단어의 의미는 매우 다릅니다. 살아가는 과정에서 우리는 두 단어와 자주 만납니다. 하나는 지속의 의미로, 또 하나는 단절의 의미로. 그러나 이 쉬운 것 같은 선택이 인생의 성공과 실패의 갈림길에서 얼마나 중요한지는 내가 굳이 말하지 않아도 될 듯합니다. 어떻게 구분할 건가, 끈기가 필요한 때와 끊기가 필요한 때를.
끈기는 지루함을 넘어서면 더 나은 미래가 있다는 걸 알고 견디는 힘입니다. 대부분의 성공은 지루함과의 사투에서 승리한 전리품으로 따라오는 경우가 많습니다. 끈기는 마지막 숨이 끊어져서 더 이상 한 걸음도 옮겨놓을 힘도 없이 지친 상태에서도 포기하지 않고 견디는 힘을 이야기합니다.
끊기란 지금까지 해온 방법이나 삶의 방식, 잘못된 습관, 행동, 언어, 생각 등 원하는 삶의 방향으로 나아가는데 방해가 되는 행동들을 끊어내고 성공자의 방식으로 다시 세팅하는 것입니다. 끊기란 쉬운 게 아닙니다. 그동안 삶의 시간 동안 무의식적으로 해온 행동들이 습관이 되어서 제2의 천성이 되어 있는 경우가 많습니다.
자신을 자신이 바라본다는 것이 쉽지 않으니 사는 집과 자주 움직이는 공간에 CCTV를 설치할 수 있다면 녹화해서 자신의 행동을 타인 행동인 것처럼 분석해보세요. 그리고 휴대폰 녹음 기능을 켜두고 타인과 대화할 때 내 말투, 선택한 단어 등을 관찰해보세요. 그러면 보입니다. 내가 생각하는 성공자들의 행동과 말투, 언어와 내 행동과 언어가 어떻게 다른지. 그러면 뭘 끊어내야 하는지 쉽게 보일 것입니다. 끈기로 길을 열고 끊기로 물길을 바꿔서 성공이라는 큰 바다로 우리 함께 나아갑시다.

실천 방안

지루함 극복 훈련 : 지루함을 견디기 위해 매일 일정 시간을 목표 달성을 위해 투자합니다.

습관 교정 : 잘못된 습관을 파악하고, 이를 개선하기 위해 매일 작은 변화를 실천해 봅니다.

행동 분석 : 자신의 행동을 녹화하거나 기록하여, 타인 시각에서 분석하고 개선점을 찾습니다.

목표 재설정 : 정기적으로 목표를 검토하고, 필요시 끊고 새롭게 설정하여 나아갑니다.

긍정적 피드백 : 스스로에게 긍정적인 피드백을 주고, 끈기와 끊기를 성공적으로 실천한 사례를 기록합니다.

상처

상처는 폭행이나 사고로 인한 외부 신체 훼손뿐만 아니라 정신세계 훼손도 포함합니다. 그런데 치료 방법 중에 성형적 기법이라고 상처 부위를 상처 내서 치료하는 방법이 있습니다. 우리는 흔히 상처는 건드리지 말고 두면 시간이 지나면 낫는다고 생각합니다.

경험상 과거에 경험한 고통과 상처는 그보다 더한 고통과 시련의 시간이 지나면 치료되는 경우가 많습니다. 작은 상처도 자기가 받은 상처가 가장 커 보이고 나에게 온 불행이 가장 고통스럽게 느껴집니다. 그러나 감당하기 어려워서 죽을 만큼 고통스러운 시간이 지나고 나면 그동안 자신이 고통이라고 생각했던 시간들이 얼마나 호사스러운 사치였는지 알 수 있습니다.

지금 만약 당신의 삶에 상처가 나서 고통스럽다고 느껴진다면 진정 지금의 상처가 죽을 만큼 힘든 고통인지 바라보기를 기대합니다. 그러고 나서 희망이라는 새로운 길이 보인다면 당신에게 찾아온 선물 같은 인생을 축복된 인생을 아모르파티로 만들기를 기원해봅니다.

중국 작가 루쉰의 제목이 기억나지 않는 20여 년 전 읽은 소설 속에 나온 글로 기억되는 말이 있습니다.

희망은 있다고도 할 수 있고 없다고도 할 수 있습니다. 그것은 땅 위에 길과 같아서 원래는 없으나 사람이 다니면서 생겨난 것입니다. 희망도 이와 같은 것입니다.

실천 방안

자기 성찰 : 상처받은 경험을 돌아보고, 그로 인해 성장한 부분을 성찰해봅니다.
적극적 치유 : 필요시 전문가의 도움을 받아 상처를 치유하고, 회복을 위한 구체적인 계획을 세웁니다.
긍정적 마음가짐 : 고통스러운 상황에서도 긍정적인 면을 찾고, 희망을 유지하는 연습을 합니다.
지원 시스템 활용 : 친구, 가족 등 주변 사람들의 지지와 사랑을 받으며 치유의 시간을 보냅니다.
자기 사랑 : 스스로를 돌보고 사랑하며, 자기 자신에게 관대한 태도를 가집니다.

어둠

인생은 어둠의 아골 골짜기(여호수아 7장 26절)를 지날 때 최고치의 능력이 발휘됩니다. 내 인생도 그 아골 골짜기를 지날 때 신체적, 정신적 최고의 활성도를 보였던 것 같습니다.
당신의 인생은 어디에 있는가? 봄볕 따사로운 곳에서 유채꽃 향기를 맡으며 느린 걸음으로 이 봄을 즐기고 있는가? 아니면 추운 겨울 한가운데 변변한 방한복도 없이 막차가 떨어진 길을 추위에 떨면서 걷고 있는가?
그런데 지난 시간을 돌이켜보면 어둡고 추운 겨울을 지날 때 우리 뇌 기능이 최고로 작동됩니다. 인간은 위기 때 생존을 위해 자기 능력의 최고치를 발휘하도록 설계되어 있다는 걸 잊지 마세요.
여러 분야에서 복합적 성공을 거두고 그 성공을 잘 관리하고 누리는 사람의 공통점은 지난 시간 어둡고 추운 겨울을 견디고 빠져나왔던 과거를 기억하는 것이고, 또 어떤 행동 패턴과 과정이 자기를 어두운 골짜기로 몰고 갔는지를 잘 기억하고 그걸 잊지 않고 살아갑니다.
반면 복합적 실패의 인생을 살아가는 사람은 그 사실을 망각하고 같은 실수를 반복합니다. 그러나 한 사람의 인생은 실패를 여러 번 반복하기에는 너무 짧습니다.
본인의 재정 지출 패턴과 소비 지출과 만족 지수의 상관관계를 살펴보면 적게 쓰고도 만족한 인생길을 찾았다면 남은 인생은 어둠이 깊게 드리우는 것은 피할 수 있을 것이라 생각됩니다.
밝은 곳에서는 빛을 보기가 어렵습니다. 어둠이 깊을 때 작은 빛이라도 쉽게 볼 수 있습니다. 하늘의 별은 낮에도 떠 있다는 걸 잊지 마세요. 단지 내 눈에 보이지 않을 뿐입니다.

일중견두(日中見斗). 내 인생의 좌우명입니다.
일중 정오에 북두칠성을 볼 수 있는 지혜를 뜻하는 사자성어입니다. 밝은 곳에 있을 때 어두운 곳을 볼 수 있는 지혜의 눈이 당신의 인생의 위기를 감지하는 특급 보완 장치라는 걸 잊지 말고 각자의 인생에 강력한 캡스를 장착하시기를 바랍니다.

실천 방안

위기 관리 훈련 : 어려운 상황에서도 차분하게 대처할 수 있도록 위기 관리 능력을 길러보세요.
자기 성찰 : 매일 저녁, 오늘의 어려움과 그로 인한 성장 부분을 성찰해보는 시간을 가지세요.
현실적 목표 설정 : 현재의 상황에 맞는 현실적인 목표를 설정하고, 이를 달성해 나가는 과정을 통해 성취감을 느껴보세요.
긍정적 태도 유지 : 어둠 속에서도 긍정적인 태도를 유지하며, 작은 성취를 통해 자신감을 키워나가세요.
지원 시스템 활용 : 주변 사람들의 도움과 지지를 받으며, 혼자서 감당하기 어려운 상황을 함께 해결해보세요.

혼자를 즐겨라

건강한 고독, 홀로 있다는 것은 새로운 충전의 기회입니다.
하루 중 새벽 시간이 내게 가장 중요한 시간입니다. 보통 새벽 3시 전후 기상하는데, 그 시간은 그 누구에게도 간섭받지 않고 보낼 수 있는 시간입니다.
사는 과정 중 꼭 필요한 시간, 홀로 보내는 시간. 그 시간이 나와의 대화를 통해 내가 묻고 내가 답할 수 있는 시간입니다. 나 자신과의 대화를 통해 진정한 자기의 마음 상태를 확인해볼 수 있습니다.
낮 시간에는 누군가와 대화하고 전화하고 물건을 팔아야 하고 운동하고 각종 정보 검색 등 나와 대화 나눌 시간이 거의 없습니다. 나와의 대화는 수면 위로 올라오는 여러 가지 감정들을 좀 더 솔직하게 만날 수 있는 시간입니다. 그 시간을 통해 매일매일 내 의지와 관계없이 내뱉은 진실되지 않은 말이나 인간관계, 그리고 계속 가져가야 할 가치와 버릴 것들을 정리하는 시간을 잠시라도 가질 수 있다면 낮 시간에 결정할 많은 것들에 대해 훨씬 덜 혼란스러울 수 있습니다.
하루 1시간이라도 혼자 있는 시간을 가지세요. 그것은 또 다른 충전 방식이 될 것입니다.

실천 방안

새벽 시간 활용 : 매일 새벽 시간을 활용하여 혼자만의 시간을 가지며, 하루를 계획하고 반성합니다.
자기 대화 시간 : 정기적으로 자신과 대화하는 시간을 가지며, 자신의 마음 상태를 점검합니다.
감정 일기 쓰기 : 혼자 있는 시간 동안 감정 일기를 쓰며, 자신의 감정을 솔직하게 표현합니다.
명상과 호흡 : 혼자 있는 시간을 활용해 명상이나 깊은 호흡을 통해 마음을 정리합니다.
취미 활동 : 혼자 있는 시간을 즐겁게 보내기 위해 취미 활동을 찾고, 그 시간을 통해 충전합니다.

셀프 질문

물어보세요. 상대의 입장에서 질문해보세요. 나라면 지금의 아빠를, 엄마를 사랑할까요? 나라면 아들딸을 사랑하겠는가요?
나라면 나 같은 신랑, 나 같은 각시를 사랑하겠는가요? 나에게 묻는 질문은 의외로 쉬운 길을 보여줄 수도 있습니다.
그전에 나를 객관화하는 훈련이 필요합니다. 내가 누군가를 평가하듯 나는 누군가에게 어떤 사람일까요?
타인의 시선으로 나를 바라보는 훈련을 하다 보면 내 옷차림, 말투, 걸음걸이, 활기참, 신뢰, 미소, 기타 여러 가지 행동들을 타인의 눈에 비친 내 모습을 그릴 수 있게 됩니다. 이러한 훈련을 통해 타인의 머릿속에 그려진 내 모습을 객관적으로 볼 수 있게 됩니다.
그런 다음 내게서 버려야 할 말과 행동, 지켜야 할 말과 행동을 구분하는 과정을 거치며 주변에 가까운 가족, 친구, 부부, 자식과 함께 행복하게 살 수 있는 기준을 정해서 패턴을 만들어 보세요. 그리고 나머지는 사람들과의 관계는 함께하는 시간 동안 해야 할 말과 행동을 유연하게 대처하면 더 나은 인간관계가 형성될 수도 있습니다.
잊지 말아야 할 것은 당신에게 질문할 때 솔직해져야 한다는 것이고, 모든 사람에게 자애롭고 좋은 사람, 착한 사람이 될 필요는 없다는 것입니다. 까칠함을 유지하고 엄격함을 유지함으로 평화와 안정, 관계의 성숙을 가져올 수도 있습니다.
좋은 사람 증후군에서 벗어나면 나다운 사람이 될 수 있습니다.
그리고 당신의 내면에는 항상 악마도 함께 존재한다는 걸 잊지 마세요. 그 악마는 호시탐탐 밖으로 뛰쳐나올 준비를 마치고 있습니다.

그 악마가 밖으로 나오지 못하게 하는 한 가지 방법으로 스스로에 대한 솔직한 대화와 질문이 될 수도 있습니다. 그중 내 안에 있는 악마와도 늘 대화해야 하는 걸 잊지 마세요. 내 안의 악마는 억압과 무시, 무관심을 제일 싫어합니다. 내 안의 악마와 잘 놀아주는 일도 중요합니다. 여행, 운동, 독서, 명상, 산책 등이 악마가 좋아하는 놀이입니다.

실천 방안

자기 성찰 시간 : 매일 일정 시간을 정해 스스로에게 질문을 던지고 답하는 시간을 가지세요. "오늘 내가 가장 후회하는 일은 무엇인가?", "오늘 나를 가장 기쁘게 한 일은 무엇인가?" 등의 질문을 통해 자기 성찰을 합니다.
객관화 훈련 : 자신의 행동을 객관적으로 보기 위해 자신의 일상을 기록하고, 주기적으로 검토하여 개선점을 찾습니다.
타인의 시선으로 관찰 : 다른 사람의 시선으로 나를 바라보는 연습을 통해, 나의 모습이 어떻게 비춰질지 생각해 봅니다. 예를 들어, 가족이나 친구들에게 "내가 어떤 사람으로 보이는지" 물어볼 수 있습니다.
솔직한 대화 : 자신에게 솔직한 질문을 던지고, 그에 대한 답변을 진실되게 기록합니다. "내가 정말 원하는 것은 무엇인가?", "내가 두려워하는 것은 무엇인가?" 등의 질문을 통해 자기 이해를 높입니다.
균형 잡기 : 좋은 사람 증후군에서 벗어나기 위해, 때로는 자기주장을 명확히 하고 까칠함을 유지함으로써 건강한 인간관계를 형성합니다.

기다려라

세상이 아무리 인스턴트 초고속 시대이다 보니, 모든 것이 빨라야 최고의 가치를 받는 시대가 되어가고 있습니다. 초고속 인터넷, 초고속 열차, 3일짜리 연애, 속도가 모든 일 처리의 중심이 되어 있는 시대.

속도가 일을 그르치는 경우가 자주 생긴다면, 시대가 가져다준 속도의 함정에 빠져서 생긴 건 아닌지 자신의 시간을 돌아보길 바랍니다.

기다림의 미학이라는 말이 생긴 이유는 시간이 지나야 해결될 일에 대해서는 기다리는 시간을 즐길 줄 알아야 하기 때문입니다. 친구나 부부, 지인 등과 인간관계가 소원해졌다고 생각된다면, 대부분 시간을 두고 나면 해결이 되는 경우가 많습니다.

자연치유라는 말이 있습니다. 건강한 사람에게 감기는 약 먹으면 일주일, 안 먹어도 7일이라는 말이 있습니다. 책 한 권 읽고 세상 모든 이치를 통달할 수 없고, 하루 저녁 식사 거른다고 다이어트 성공할 수 없습니다.

흙탕물은 오래 두면 가라앉아서 맑은 물이 됩니다. 사람 관계도 막 휘저으면 오히려 혼탁해지고 시끄러워지는 경우가 대부분입니다. 다툼은 다툼으로 해결되지 않습니다. 다만 쉼으로 해결됩니다.

다툼이 일어날 때는 말을 쉬어 보세요. 말을 쉬고 시간을 기다리세요. 그러면 대부분의 문제는 감기처럼 지나갈 것입니다. 기다리시라. 그러면 평안이 당신과 함께하리니…….

실천 방안

자연 치유 신뢰 : 시간이 지나면 해결될 문제를 억지로 해결하려 하지 말고, 자연스럽게 치유되도록 기다립니다.
감정 조절 : 다툼이 일어날 때는 즉시 반응하지 않고, 감정을 가라앉힌 후 시간을 두고 해결합니다.
인내의 연습 : 책을 읽거나 명상을 하며 인내심을 기르는 연습을 합니다.
시각적 기록 : 흙탕물이 가라앉는 과정을 직접 보면서, 시간이 해결할 문제를 기다리는 훈련을 합니다.
일시적인 갈등 인정 : 인간관계의 갈등을 일시적인 것으로 인정하고, 시간이 지나면 해결될 것이라고 믿습니다.

라떼는 말이야

꼰대로 불리는 기준 중에서 가장 흔히 쓰는 말, "라떼는 말이야"입니다. 그 말은 나는 고생 많이 해서 여기까지 왔는데 지금 젊은이들은 의지박약이다, 정신력이 빈약하다라고 얘기하는 경우가 있습니다. 군대 얘기 나오면 목에 핏대를 세우며 무용담을 늘어놓고 하는데 듣다 보면 과거 어벤져스급 솔저에 필적하는 해병대나 공수부대 무용담 등이 소설 몇 권 분량으로 나옵니다.
그런데 30년 전 군인과 군대가 현재의 군인과 군대와 전투를 한다면 누가 승리할 것인가. 라고 얘기하면 얘기해 보나마나 옛날 군인과 군대가 백전백패할 것은 자명한 이치입니다. 군무기 현대화 사업으로 국방력이 세계 6위가 됐습니다. 군인 숫자가 압도적이었던 우리가 군대 가던 37년 전에는 몇 위였는지는 모르나 지금보다 한참 아래가 아니었을까 생각합니다.
나는 우리 큰아들을 보면서 느낀 건 나보다 훨씬 진화된 사피엔스가 됐다는 것이고 감히 따라갈 수 없다고 생각합니다. 일반 오피스 업무 처리 능력은 나는 아무리 노력해도 따라가기 힘들 정도로 차이가 나고 정신력도 많이 유연하면서 강합니다.

젊은이들은 우리 기성세대들보다 뛰어납니다. 젊어서 고생은 사서 하면 안 됩니다. 왜 쉽고 편한 길 두고 사서 고생을 해야 하나요. 인생은 고생담, 무용담 늘어놓은 과거가 없이 편하고 행복하게 평생 사는 게 더 좋습니다. 절대 고생을 사서 하지 마세요. 시멘트 질통 메고 집 지을 때보다 레미콘 펌프카가 대신하는 지금이 훨씬 좋은 집을 빨리 짓습니다.
절대 젊어 고생 사서 하라고 하지 마세요. 스스로의 미래 비전은 알아서 잘 열어갑니다. 머니게임 빨리 끝내고 아들 내외와 손자 호윤, 호성이 행복한 꽃길만 걷고 가기를 바래봅니다. 큰딸과 막내아들도 스스로 열어가는 인생길을 함께 걷는 친구로 함께 해야겠습니다.

실천 방안

상황에 맞는 평가 : 젊은 세대를 평가할 때는 그들의 환경과 시대적 변화를 고려하여 공정한 시각을 유지합니다.
기술 변화 수용 : 현대 기술과 방법을 수용하며, 변화를 적극적으로 받아들이도록 합니다.
긍정적 지지 : 젊은 세대의 도전과 성장을 지지하고, 격려합니다. “젊은이들이 꿈꾸는 미래를 지지합니다” 같은 메시지를 자주 전달합니다.
세대 간 소통 : 서로의 경험과 지혜를 공유하며, 세대 간 소통을 강화합니다. 예를 들어, “가족 모임에서 경험담 나누기” 같은 활동을 시도해보세요.
미래 비전 설정 : 함께 미래 비전을 설정하고, 이를 이루기 위한 계획을 세웁니다. “젊은이들과 함께하는 미래 비전 워크숍” 같은 이벤트를 기획해보세요.

자격증

자격이란 어떤 행위를 할 수 있는 기준이라는 의미에서 국가에서 발급하거나 사회 통념으로 생각하는 어떤 행위의 정당성을 인정하는 범주가 자격증이다. 이 광범위한 자격 중 운전면허증처럼 보편적인 것이나 의사, 검사, 공인중개사 그 외 전문 자격증은 그 사람이 그 분야 직업에 종사할 수 있는 자격을 취득한 것으로 많은 사람들이 보편적 질서로 인정하는 자격증이다. 시험을 봐야 하고 많은 시간과 노력을 쏟아부어야만 비로소 인정을 받을 수 있다.

그런데 살아가는데 국가 자격증이 없는 것들이 오히려 삶의 방향과 행복과 불행을 결정할 때가 대부분이다. 연애 자격증, 결혼 자격증, 출산 육아 자격증, 부모 자격증, 친구 자격증, 인간관계 자격증 등도 필요하지는 않을까 말한다면 비난의 화살이 날아올 것이 불 보듯 뻔하지만, 자격이 안 된 사람이 그 일을 한다는 건 날카로운 칼을 가지고 놀고 있는 2살짜리 어린아이와 다를 바 없는 위험천만한 일입니다.

자격 안 된 대통령, 자격 미달 기업인, 자격 미달 아버지, 자격 미달 직장인, 자격 미달 분노조절장애 및 성격장애 자격 미달 남편과 아내. 세상에는 그 자리 자격이 되지 않은 사람이 자리를 차지하고 있는 것만큼 큰 불행의 씨앗은 없습니다.

결혼과 출산 육아 자격 미달로 날이면 날마다 뉴스나 신문지면에 자기 자식 학대와 살인이 빈번하게 일어나는 걸 보면 출산 육아를 아무나 할 수 있는 건 아닙니다.

어찌 보면 이것은 자격의 영역이 아니고 본능의 영역이고 동물이나 인간이나 자기 새끼에 대한 애착은 배움의 영역이 아닐진데도 이런 만부당한 일이 자주 일어나니 이런 돌연변이는 어떻게 걸러낼까 하다가 혼자만의 망상으로 자격증을 생각해봤습니다.
다자이 오사무는 '인간실격'이라는 소설을 쓰고난 후, 소설 내용과 동일하게 자살로 생을 마감합니다. '인간실격'은 반대로 인간 자격이 필요하다는 얘기가 될 수도 있습니다. 일반적인 사회 부적응자가 아닌 자기 학대, 자살 방조, 약물 복용, 의지 박약, 문란한 성생활, 알코올 의존, 여러 가지 복합적 형태의 부적응을 감추기 위한 행동으로 주인공은 누군가를 웃기는 어릿광대 모습으로 세상과 소통합니다.
어둡고 칙칙한 '인간실격' 소설 내용처럼 세상이 어둡고 습한 것만은 아니라는 것을 알아가고 세상과 소통하는 방법을 배워가는 것도 인간이 되어가는 자격 중 하나는 아닐까 생각했습니다. '데미안'과는 크게 다른 형태의 자전적 소설 '인간실격'을 통해 우리가 어떤 방식으로 세상과 소통해야 하는지 생각해보게 하는 책입니다. 한 번 읽어 보시기를 추천드립니다.

실천 방안

자기 반성 : 자신이 맡은 역할에 자격이 있는지 스스로 돌아보고, 부족한 부분을 개선합니다.
인간 관계 자격증 : 연애, 결혼, 부모 등 다양한 관계에서 필요한 덕목을 배우고 실천합니다.
자기 계발 : 자격증을 통한 전문성 확보뿐만 아니라, 인성 교육과 정신 건강을 위한 자기 계발을 합니다.

제3의 선택지

우리는 두 가지 중 한 가지를 선택하는 데 익숙한 삶을 살아와서 제3의 선택지에 대한 훈련이 덜 된 게 사실이다. 이미 우리가 태어나기 전 많은 것들이 제3의 선택지를 우리 앞에 놓아두는 걸 우리 부모 세대도 모르거나 알았다고 하더라도 그 선택에 대한 불확실성의 위험 때문에 자식인 내게 얘기하지 않았을 가능성이 크다. 나도 만약 제3의 길을 봤는데 내 자식에게 전하지 않고 간다면 최소한 내 자식에게는 한 가지 큰 잘못을 하고 가는 아빠일 수도 있다고 생각한다.

이분법이 편해서 제3의 길을 포기했는지는 모르겠지만 그 이분법이 투쟁과 피로 얼룩진 역사를 만드는데 적잖이 작용한 것을 부인할 수 없다. 좌익과 우익, 찬탁과 반탁으로 시작된 국가 분열은 지금도 모든 사안을 정쟁으로 몰고 가는 단초를 제공했고 그 결과 보다 더 효율적인 제3의 길에 대해서 논의하려 들지 않는다.

국회의원 중대선거구제, 대통령 4년 연임제, 국회의 양원제, 미국식 민주주의에서 벤치마킹할 제3의 대안에 대해 함께 고민해보면 어떨까? 선거 방식도 너무 시끄럽고 비용이 많이 드는 길거리 선거, 대외 선거보다는 미디어 선거, 정책 선거를 통해 하는 방식으로 바꾼다면 천문학적인 선거 비용을 많이 축소하지 않을까 생각해 본다.

출산율 상승을 위해서 의료비, 병원비 8세까지 전액 무료, 어린이 전문 국가병원 설립, 호주제 폐지, 비혼 자녀 출산 장려, 가족관계 증명서, 주민등록 등초본 제도 개선 등 제3의 길은 무수히 많이 열려 있다. 우리의 사고가 유연하다면 언제나 가능한 일이다. 개인의 삶도 늘 제3의 길을 찾아보고 그 길을 가보는 것이 어쩌면 훨씬 자유로운 인생의 길이 될 수도 있다.

실천 방안

새로운 사고방식 훈련 : 기존의 이분법적 사고에서 벗어나 제3의 선택지를 찾는 연습을 합니다.
정책 대안 연구 : 국회의 중대선거구제, 대통령 4년 연임제, 양원제 등과 같은 정책 대안을 연구하고, 토론합니다.
실용적 선거 방식 : 선거 방식을 미디어 선거, 정책 선거로 변화시키고 천문학적인 선거 비용을 줄이는 방안을 모색합니다.
사회 제도 개선 : 출산율 상승을 위해 다양한 사회 제도를 개선하고, 의료비 무료화, 어린이 전문 병원 설립 등의 방법을 추진합니다.
개인적 적용 : 개인의 삶에서도 제3의 길을 찾아보며, 더 나은 선택지를 탐색하고, 이를 실천합니다.

뭐시 중헌디?

항상 지금 결정해야 할 많은 일들의 현실 앞에서 경중을 가리기란 너무나 어렵습니다. 그래서 사람은 늘 지난 시간의 선택에 대해 후회를 갖습니다.
그때 이 땅 말고 저 땅을 샀더라면, 이 주식 말고 저 주식을 샀더라면, 이 여자 말고 그 여자를 만났더라면. 그러나 모든 일은 지난 다음 되짚어서 우선순위 결정하는 일은 아무나 할 수 있습니다.
어차피 지금 지나가고 있는 이 시간에 대한 선택에 대한 미련도 남을 것이라 생각됩니다. 며칠 전 미남이에게 내가 해준 말이, 나는 다시 젊은 시절로 돌아가서 인생을 다시 살아보라고 해도 지금껏 살아온 것보다 더 나은 선택을 할 자신이 없다고 말했습니다. 왜냐하면 고통스러웠던 그 인생마저도 내 인생이니 사랑해야 지금 내가 서 있는 여기서 충만함으로 가는 길을 볼 수 있습니다.
무슨 만용인가요? 그렇습니다. 만용입니다. 실수와 실패도 많았고 누군가의 인생에 나의 이익을 위해 고통을 안겨준 일도 있었으리라 생각됩니다. 그러나 그 시간마저 고통의 나락으로 떨어져 다시 비상을 꿈꾸며 인고의 세월을 보냈던 20대 초반에서 중후반, 30대 후반에서 40대 중반, 그리고 과한 내 욕망의 불로 인해 피해가 있었던 매출 급상승기.
나와 인연이 되어 멀어져간 수많은 사람들에게 내가 소금이고 빛이었을까요? 아닙니다. 진정 아닙니다. 내 목적을 위해 그들을 활용했을 따름임을 인정합니다.
뭐시 중한가요? 진정 뭐시 중한가요?
호흡을 가다듬고 내면을 한번 들여다보고 대화를 나누어 보세요.
희준아, 괜찮냐? 뭐시 중하냐!!

실천 방안

내면 성찰 : 자신의 선택에 대해 솔직하게 평가하고, 그 선택이 현재의 자신에게 어떤 영향을 미쳤는지 돌아보세요.
현실 인식 : 과거의 선택을 후회하기보다는 현재의 상황을 인정하고, 앞으로의 결정을 더욱 신중히 하세요.
긍정적인 태도 : 과거의 실수나 실패도 내 인생의 중요한 부분임을 인정하고, 이를 통해 성장할 수 있는 기회로 삼으세요.
목표 설정 : 명확한 목표를 설정하고, 이를 달성하기 위한 계획을 세우세요.
지속적인 학습 : 새로운 지식과 경험을 통해 더 나은 결정을 내릴 수 있도록 노력하세요.

도움

세상살이가 늘 생각대로 되는 게 아닐 때, 큰 위기가 와서 더 이상 갈 길이 막힐 때를 사면초가라고 한다. 물에 빠진 사람이 지푸라기라도 잡는 심정이라는 말이 있습니다. 그 때 도움의 손길을 준 사람을 구세주와 같은 사람이라고 합니다.
그런데 그 위기를 벗어나고 지푸라기라도 잡고 싶었던 그 마음이 물에 빠졌을 때와 물 밖에 나와서 달라지는 경우를 종종 봅니다. 그리고 모든 일의 공은 자신의 치적인 양 착각하는 사람이 있습니다. 만약 또 다시 위기가 온다면 그런 사람은 그 누구의 도움도 받을 수 없습니다.
평소에 점심 한 끼 사거나 작은 선물을 하거나 하는 것과 아사 직전에 쌀 한 포 사주거나 곧 죽을 병에 걸린 사람에게 치료약을 기부해 주는 건 근본적인 차이가 있습니다.
늘 살펴야 하는 건 도와준 은혜를 비수로 갚은 적은 없는지, 그리고 도움을 준 사람에게 감사한 마음보다 빠진 물에서 건져주고 나니 보따리 내놓으라거나 수건 갖다 달라고 한 적은 없는지 돌아봐야 합니다.
도움을 줬던 사람의 마음에 상처를 헤아리지 못한다면 그 인연이 오래가기 어렵고 또다시 위기가 왔을 때 도움받기가 어렵습니다. 그것은 부부, 부모, 형제도 마찬가지입니다. 도와달라고 부탁한 적 없을 때 도와주는 것과 도와달라고 얘기할 때 도와주는 것은 비교의 대상이 될 수 없습니다.
잊지 말아야 할 것은 나그네가 길을 가다가 목이 말라 우물을 퍼마시고 이제 내가 언제 또 이 우물 마시겠나 싶어서 침을 뱉어 버린다면 업을 쌓는 일입니다. 하찮은 일이 쌓여서 업이 되는 게 아니고 하찮은 일 모두가 업입니다.
은혜를 모르는 사람의 비단길은 잠시 왔다 가지만 은혜를 결초보은 심정으로 살아가는 사람의 성공 가도는 끝이 없습니다.
생각해보세요. 나는 어떤 길을 가고 있는지.

실천 방안

작은 도움이라도 꾸준히 : 친구나 지인들에게 작은 선물이나 점심 한 끼를 자주 사주는 것이 관계를 유지하는 데 도움이 됩니다.
감사 표현 : 도움을 받았을 때 감사의 마음을 잊지 말고 표현하세요.
서로의 마음 헤아리기 : 도와준 사람의 마음을 잘 이해하고, 상처를 주지 않도록 신경 쓰세요.
도움의 중요성 인식 : 평소에 작은 도움이라도 서로 주고받으며 신뢰를 쌓아가세요.
자신의 태도 돌아보기 : 내가 받은 도움을 당연하게 여기지 말고, 항상 감사한 마음을 가지세요.

실수 인정

살면서 실수를 하지 않은 사람이 있을까요?
누구나 실수를 합니다. 그러나 대부분 실수를 인정하지 않습니다. 실수를 인정한다는 건 다음 단계로 가는 시작입니다. 누구나 살면서 어떤 기준에서건 아차 하는 순간이 있습니다. 그 순간은 눈 깜빡할 사이에 지나갑니다.
매몰찬 비난, 잘못된 상품 구입, 일어나는 화를 다스리는 기술, 무심코 던진 한마디, 삶의 모든 궤적이 다 만족스러울 수는 없습니다. 실수는 대개의 경우 모든 일이 내 생각대로 잘 풀리고 하는 일마다 잘될 때, 대인관계가 좋아지고 나에게 대운이 들었다고 착각할 때, 자기의 능력치를 정확히 모르고 필요 이상 과신할 때 자주 일어납니다.
실수를 줄이는 방법 중 내가 자주 쓰는 방법은 일단 한 호흡 쉬어가기가 있습니다. 일이 잘 풀릴 때도 일이 꼬일 때도 다음 일을 결정하기 전 한 호흡 쉬어갑니다. 그 숨 한 번 크게 쉬고 뇌부터 신체 모든 근육 이완 한 번 하는 10초 남짓한 시간을 인내하지 못함으로 인해 얼마나 많은 실수가 생기는지 10초 동안 긴 호흡과 근육 이완을 한 번 해보세요. 그러면 보일 것입니다.
그럼에도 불구하고 실수가 생긴다면 그 실수에서 가장 빨리 빠져나오는 방법 중 빠른 인정이 있습니다. 타인에게 했던 행동이 고의든 고의가 아니든 그 사람에게 작은 상처라도 됐다면 재빨리 사과하고 실수를 인정하는 것이 최상의 해결책입니다. 그것은 빠르면 빠를수록 심리적 안정과 상대와의 관계 개선에 효과적입니다.
그리고 또 한 가지, 진심이 담긴 사과의 말. "미안합니다", "죄송합니다"라는 말은 아무리 수려한 언변으로 늘어놓은 자기 변명보다 천 배 만 배 값진 결과를 가져옵니다.

진심을 다해 실수를 인정한 사람이 같은 실수가 반복되는 횟수를 줄이거나 멈출 수 있습니다. 주변에서 같은 실수를 반복하는 사람들을 보면 금방 이해가 될 것입니다. 그들의 공통점은 실수를 인정하지 않고 책임을 다른 곳으로 돌리는 경우가 대부분입니다.
그로 인해 가장 큰 고통을 받는 사람이 자신이란 걸 깨닫는 길은 실수 인정입니다. 실수의 늪에서 가장 빨리 탈출하는 방법은 재빠른 인정과 한 호흡 쉬어가기 실천입니다.

실천 방안

호흡 조절 : 중요한 결정을 내리기 전에 항상 깊은 숨을 크게 쉬어 마음을 차분하게 만드세요.
빠른 인정 : 실수를 저질렀을 때 즉시 인정하고 사과하는 습관을 가지세요.
진심으로 사과하기 : 변명보다는 진심을 담아 사과의 말을 전하세요.
자기 성찰 : 자신의 능력치를 정확히 파악하고 과신하지 않도록 항상 성찰하세요.
반복하지 않기 : 실수를 인정한 후에는 같은 실수를 반복하지 않도록 주의하세요.

용기

우리는 큰 결단이나 두려움을 극복해낸 위인들의 이야기, 그리고 위인들의 용기에 찬사를 보내고 우러르는 경우가 많습니다. 그러나 용기는 꼭 앞으로 전진이나 유턴만 용기 있는 결정이라고 볼 수는 없습니다.
진정한 용기는 거절의 용기, 외면의 용기, 무관심의 용기. 이것이 보통의 지금을 살아가는 사람에게 훨씬 더 용기 있는 행동인지도 모릅니다. 못 본 척 외면하는 용기는 일상의 많은 것에 자유와 평화를 줍니다. 너무나 많은 간섭이 얼마나 많은 내 정신 에너지를 가져가는지를 타인들의 입에서 나오는 말을 지켜보면 알 수 있습니다.
그들은 나라 걱정, 친구 걱정, 가족 걱정이라는 그럴싸한 포장으로 누군가에게 호의와 정성을 다하고 있는 것처럼 말하지만, 그것들이 얼마나 부질없는 짓거리인지는 주변 사람은 다 알고 있습니다. 진정한 용기는 진짜 내가 에너지를 쏟아내야 하는 것과 외면해야 할 것들을 구분하는 것으로부터 시작됩니다.
필요 없는 뉴스에 대한 외면, 드라마, 연예인 뉴스나 스포츠 스타들의 삶, 정치인들의 싸움, 국가간 지랄염병하는 짓거리들에 대한 외면. 밖에서 나의 오감을 유혹하는 많은 것들에 대해 외면할 일과 참여할 일을 구분하는 일이 전제되어야 진정한 용기를 가지고 전진해야 할 일과 유턴해야 할 일을 구분할 수 있습니다.
당신의 삶이 용기 있는 외면으로 진정한 용기를 찾아가는 여정이 시작되는 오늘이기를 바랍니다.

실천 방안

정보 선택 : 중요하지 않은 뉴스나 정보는 과감히 외면하고, 필요한 정보에만 집중하세요.

에너지 관리 : 불필요한 간섭을 줄이고, 진정으로 중요한 일에 에너지를 쏟으세요.

자기 성찰 : 내가 에너지를 쏟아야 하는 일과 외면해야 할 일을 구분하세요.

심리적 거리 두기 : 남의 일에 과도하게 간섭하지 말고, 자신의 일에 집중하세요.

긍정적인 외면 : 불필요한 스트레스를 피하고, 마음의 평화를 유지하기 위해 필요한 경우 외면하는 용기를 가지세요.

패배

좋은 말은 아닙니다. 하지만 모든 일을 결정한 후 패배와 승리는 필연입니다. 패배란 누군가와 다투어 졌을 경우만 이야기하는 게 아닙니다. 스스로 자기에게 내린 결정이나 일이 예측한 방향과 다르게 가는 경우도 패배로 봐야 합니다. 모든 일은 인과법에서 자유로울 수 없습니다.

지나고 보면 일이 꼬이고 안 풀리고 인간관계 스트레스가 너 때문에, 그놈 때문에 생긴 것 같지만, 아닙니다. 잘 관찰해 보면 내 잘못입니다. 내가 그림을 그렸고 인연을 지어 가졌고 과욕을 부렸고 거절을 못했고 필요 없는 지출을 기분 따라 결정했고, 그렇게 내가 내린 결정의 결과가 지금 내 눈앞에 패배로 와 있다면 일단 멈추고 궤도 수정 후 방향을 바로잡고 속도 조절해야 합니다.

임시방편으로 패배한 결과의 일을 처리한다면 그 일이 또 근원적인 전염병의 숙주처럼 다음 일의 실패를 불러올 것은 불 보듯 뻔한 이치입니다. 먼저 패배한 일이 있다면 패배를 인정하고 그것을 주변 모든 사람에게도 패배한 사실을 알린 후 그 원인을 찾아서 뿌리째 뽑아내서 버려야 같은 패배를 안 당할 수 있습니다. 그 어떤 일이든 쉽게 보지 마세요. 그것이 시작입니다.

패배의 늪을 빠져나올 수 있는 길이.

실천 방안

자기 성찰 : 자신의 결정이 실패로 이어졌을 때, 그 원인을 솔직하게 돌아보고 인정하세요.

문제 분석 : 패배의 원인을 철저히 분석하고, 그 문제를 근본적으로 해결하는 방법을 찾아보세요.

소통과 공유 : 주변 사람들에게 자신의 실패를 솔직히 이야기하고, 그로부터 조언을 구하세요.

장기적인 관점 : 임시방편이 아닌, 장기적으로 문제를 해결할 수 있는 방안을 모색하세요.

긍정적인 태도 : 실패를 통해 배울 수 있는 기회로 삼고, 긍정적인 태도로 다음 도전에 임하세요.

호기심

호기심은 좋은 영향과 악영향 두 기능이 동시에 존재하는 마음 상태입니다. 세상일에 과도한 관심과 호기심은 안으로 나를 병들게 하고 공허하게 합니다. 나도 뉴스를 봅니다. 그러나 잠시 봅니다. 왜냐하면 뉴스나 신문은 늘 자극적인 헤드라인으로 시청자나 구독자의 호기심을 자극하고 시청률 올리기에 혈안이 되어 있고, 신문은 사실관계를 떠나 완벽하게 검증되지 않은 '카더라' 아니면 말고 식의 자극적 언어로 편을 가르고 구독자 수를 늘려 돈을 벌어가는 집단이라는 걸 잊지 말아야 합니다.

그들은 당신의 호기심을 담보로 먹고 살고, 때로는 촛불을 들게 하고, 때로는 폭력적인 투쟁을 유도하고 그 과실을 따먹는 집단입니다. 우리의 호기심은 그들에게 불쏘시개요, 나무를 기르기 위한 거름밖에 그 어떤 것도 아닙니다.

세월호 참사가 진정 분노의 절정까지 치달을 사건인가? 이태원 참사가 진정 우리가 이토록 분노해서 대응할 사건인가? 자신에게 물어봅니다. 그들이 노리는 것은 우리 호기심을 연료로 자기들만의 불을 밝히고자 하는 욕심뿐입니다.

필요 없는 호기심은 공허함만을 남깁니다. 타인이나 심지어 가까운 가족이나 부부 간에도 호기심과 사랑을 혼동해서는 안 됩니다. 우리나라 모든 뉴스를 우리가 BBC나 CNN 방송을 보고 있다는 관점에서 바라보면 어떨까요? 미국의 총기 난사 사건을 보면서는 그토록 흥분하지 않으면서, 이슬람 원리주의자의 자살 폭탄 테러에 대해서는 흥분하지 않으면서, 뉴스에 흥분하고 목소리 높이지 마십시오. 당신 인생에 진정 도움이 되는 호기심은 당신을 공허하게 하지도 혼란스럽게 하지도 않습니다.

요즘 나는 호기심 폭발하는 인생을 살고 있습니다. 인문, 뇌과학, 인지심리학, 경제 일반, 종교, 철학 등 호기심 분야의 책들 속에 푹 빠져 삽니다.

호기심을 북극곰 살리는 호기심, 1회용 플라스틱 컵 보증금 1000원 받기 운동에 관한 호기심, 플라스틱 반환 보증금을 빈병처럼 300원가량 상품에 추가해서 판매하는 호기심, 인간과 세상 모든 생명들의 공존에 관한 호기심 등으로 채웁니다.
누군가를 죽이고 더 많이 소비하고 더 많이 벌고 하는 호기심보다, 내 생각과 다른 사람을 공격해서 꺾어뜨리는 호기심보다, 세상을 살리는 데 이로운 호기심은 어떨까요? 진정한 호기심은 공허하지 않습니다. 그것은 고요하지만 꽉 찬 충만함입니다.

실천 방안

정보 선택 : 중요하지 않은 뉴스나 정보는 과감히 외면하고, 필요한 정보에만 집중하세요.
에너지 관리 : 불필요한 간섭을 줄이고, 진정으로 중요한 일에 에너지를 쏟으세요.
자기 성찰 : 내가 에너지를 쏟아야 하는 일과 외면해야 할 일을 구분하세요.
심리적 거리 두기 : 남의 일에 과도하게 간섭하지 말고, 자신의 일에 집중하세요.
긍정적인 외면 : 불필요한 스트레스를 피하고, 마음의 평화를 유지하기 위해 필요한 경우 외면하는 용기를 가지세요.

행복과 자유로 가는 길, 겸손

사람이 태어나서 한 생에 아무리 갈고 닦아도 배울 수 있는 것은 한계가 분명합니다. 아무리 책을 많이 읽어도 세상의 모든 책들의 0.0001%도 읽기 어렵고, 기술을 습득한다고 해도 마찬가지일 것이라 생각합니다.
나의 옳음을 버려야 할 이유 중 하나이기도 합니다. 세상의 모든 쟁은 전쟁, 투쟁, 언쟁, 당쟁, 모든 쟁의 중심에 나의 옳음이 있습니다. 세상 0.0001%도 몰라서 실수투성이인 내가 누굴 가르칠 수 있을까요?
내가 절대적으로 모른다는 것을 인정합시다. 나의 그 옳음은 전체 중 극히 일부를 알고 그것을 전부 안다는 착각에서 비롯됩니다. 우리는 살아가는 과정에서 늘 나 아닌 누군가를 바꾸기를 바랍니다.
당신은 사는 게 너무 원칙주의자야. 유도리가 없어. 당신은 너무 폭력적이야. 성질을 좀 죽여. 당신은 너무 돈을 낭비해. 아껴 써야지. 당신은 돈 쓸 줄을 몰라. 벌면 좀 써야지. 당신은 너무 급진적 개혁주의자야. 당신은 너무 자유방임주의자야. 당신은 운동 중독자야. 당신은 책 읽는 시간이 너무 많아. 당신은 고기를 너무 많이 먹어. 당신은 옷을 너무 안 사 입어. 당신은 왜 생선회를 안 먹어? 당신은 걷기를 너무 싫어해. 당신은 교회에서 시간을 너무 많이 보내. 당신은 자식들에게 너무 집착해. 당신은 새벽에 너무 일찍 일어나. 당신은 집착이 너무 심해. 당신은 시기심, 질투심이 너무 강해. 당신은 내 얘기를 들어주지 않아. 당신은 돌다리도 두드리다 아무것도 할 수 없을 거야. 당신은 항상 나를 가르치려 들어. 당신은 잔소리가 너무 많아. 당신은 맨날 돈 타령이야. 당신은 건강 생각해서 술 좀 끊어.
어떤가요? 무얼 또 바꾸고 싶은가요? 그렇다면 당신은 바뀔 준비가 되었나요?
너를 바꾸기보다 쉬운 게 나를 바꾸는 것입니다. 그렇다면 어려운 너를 바꾸는 것 말고 쉬운 나를 바꾸는 건 어떤가요? 그래야 밖으로 너를 바꾸어야 할 이유가 사라지는 건 아닐까요?

실천 방안

자기 성찰 : 자신의 행동과 태도를 먼저 돌아보고, 고칠 점이 무엇인지 생각해보세요.
긍정적인 변화 : 상대방을 바꾸려고 하기보다는, 자신의 변화를 통해 긍정적인 영향을 미치세요.
수용과 이해 : 다른 사람의 입장을 이해하고 받아들이는 자세를 가지세요.
작은 변화 실천 : 작은 것부터 시작하여 지속적으로 변화를 실천하세요.
겸손한 태도 : 항상 겸손한 마음으로 살아가며, 자신이 모르는 것을 인정하고 배우려는 자세를 가지세요.

Jang Heejun's Life and World Stories

장희준의 삶과 세상이야기

턴어라운드 2부

내가 사랑한 세상

세상

이것은 있는 것인가 없는 것인가? 세상은 있다고도 할 수 없고 없다고도 할 수 없습니다. 나라는 존재가 사라진 후에도, 전에도 세상은 있었다고 교육받아서 세상이 도대체 뭔지도 모르고 세상에 나서 살다가 간다고들 이야기합니다.
우리가 말하는 세상은 어떤 걸 세상이라고 해야 할까요? 이런 질문은 마치 태평양 한가운데서 비행기 추락으로 혼자 살아남아 구명조끼 하나 입고 사방을 둘러봐도 수평선뿐인 곳에서 할 수 있는 게 뭘까라는 명제에 대한 해답을 얻어야 하는 것만큼 어려운 질문입니다. 세상이 뭘까요?
태어나서 누구나 세상과 만납니다. 세상은 사람이고 음식이고 공기고 태양이고 나무고, 어떨 때는 여자로, 어떨 때는 돈으로, 그리고 때로는 죽음 같은 고통으로 넘치는 희열로 다양한 얼굴로 바꾸어 다가옵니다. 그리고 그 세상에서 살아가야 하는 수많은 방법을 우리는 10살 이전에 다 터득합니다. 아니, 엄밀히 따져서 10살 이전에 이미 세상이었던 것들과 살아가야 할 방법에 대해 스스로 길을 찾아 나섭니다.
혼란스럽습니다. 세상이 무엇인지 누구도, 그 어떤 현자도, 신도, 예수도, 부처도 확실한 답을 주지 않아서 더 혼란스럽습니다. 만약 한 치의 오차도 없는 해답을 주셨다면 충실히 이행하고 공부하면 될 텐데, 그 모범 답안이 없고, 인간세상이라는 말처럼 내가 인간이기에 인간이 세상이라고 표현하는 것이 무엇인지부터 알아야 하는데 지금 나이에도 확실하게 알지 못한다는 것입니다.
어쩌면 이미 세상에 왔다 간 수많은 사람들도 모른 채 떠났을 것이라는 생각은 나만의 생각일까요? 아니면 무지개나 신기루처럼 왔다가 사라지는 찰나 찰나를 있다고 생각한 것은 아닐까요? 대답할 수 없는 질문에 깊은 침잠에 잠겨 봅니다.

실천 방안

명상과 자기 탐구 : 명상과 자기 탐구를 통해 자신의 내면을 탐구하고, 세상과의 관계를 생각해보세요. 내면의 평화와 이해를 찾는 노력을 기울입니다.
지식의 확대 : 철학, 심리학, 종교학 등의 다양한 분야에서 지식을 습득하세요. 다양한 관점에서 세상을 바라보는 능력을 키웁니다.
대화와 소통 : 다양한 사람들과의 대화와 소통을 통해 서로의 생각을 공유하고, 이해의 폭을 넓히세요. 다른 사람들의 시각에서 배우는 것이 중요합니다.
현재의 삶에 집중 : 세상의 본질을 찾기보다, 현재의 삶에 충실하세요. 현재의 순간을 소중히 여기고, 그 속에서 의미를 찾습니다.
긍정적인 태도 유지 : 긍정적인 태도를 유지하며, 삶의 다양한 측면을 받아들이세요. 긍정적인 마인드는 혼란 속에서도 길을 찾는 데 도움이 됩니다.
균형 잡힌 생활 : 신체적, 정신적, 정서적으로 균형 잡힌 생활을 유지하세요. 균형 잡힌 생활이 세상과의 조화로운 관계를 만드는 데 도움이 됩니다.

빅브라더Big Brother

조지 오웰의 1984에 나오는 빅브라더는 독재 체제 유지 방법으로 텔레스크린을 이용해 모든 국민들의 일거수일투족과 심지어 사랑과 성까지도 통제하고, 체제의 우월성을 홍보하는 영상을 통해 끊임없이 국민들을 세뇌시킵니다. 반체제적 행동 조짐이 보이거나 반대되는 생각이 느껴지면 즉각적으로 체포, 구금, 고문, 사상 검열 등이 행해집니다. 주인공 윈스턴도 줄리아와의 사랑과 반체제적 행동이 발각되어 체포됩니다. 그동안 알고 지내던 오브라이언이 자기와 뜻이 같은 동지라고 생각했는데 사실은 비밀 경찰이었습니다. 긴 시간 사상 검증과 고문으로 연인을 배반하고 빅브라더를 사랑한다고 생각하며 총살을 기다립니다.
현대의 빅브라더, 지금 우리가 입에 달고 사는 인권이나 자유의지도 어찌 보면 조작된 자아인지 실재하는 자아인지 구분이 어려운 시대가 되어버렸습니다. 이 시대 뇌를 점령한 수많은 영상 미디어와 글들은 오히려 사실을 구분하기 더 어려운 지경에 이르렀습니다.

이 시대의 빅브라더는 어디에 있을까요? 주변을 둘러보면 널려 있는 CCTV, 매일 사용하는 휴대폰, 검색 엔진은 내 사상적 검증과 모든 행동 패턴의 궤적을 빅데이터로 보내고 있습니다. 나보다 더 나를 잘 알고 있는 알고리즘을 보면서 순간순간 깜짝 놀랄 때도 있습니다. 또 다른 신세계인 ChatGPT와 AI가 열어갈 미래가 얼마나 진정한 참자아를 찾아가는 데 도움이 될지는 의문입니다.
이제 우리는 순수 자연의 아름다움과 인공 자연의 아름다움 중 어느 것이 더 아름다운지 헷갈리는 시대에 살고 있습니다. 인공의 벚꽃길, 인공호수, 별빛보다는 인공조명. 우리의 뇌도 어쩌면 인스턴트 식품처럼 규격화된 생각이나 사고를 하고 있는 것은 아닌지 모를 일입니다.

조심하십시오. 빅브라더가 지켜보고 있습니다.

실천 방안

자기 인식 강화 : 자신의 행동과 생각을 더 깊이 인식하고, 어떤 외부 요소가 나의 생각과 행동에 영향을 미치는지 자각하세요. 이를 통해 자신의 진정한 자아를 더 잘 이해할 수 있습니다.

비판적 사고 기르기 : 미디어와 정보에 대해 비판적인 시각을 유지하고, 다양한 관점을 수용하세요. 정보를 무비판적으로 받아들이지 말고, 자신만의 판단을 기르세요.

디지털 디톡스 : 정기적으로 디지털 디톡스를 실시해 보세요. 일정 기간 동안 디지털 기기와의 거리를 두고, 자연과 접촉하거나 명상을 통해 자신의 내면을 돌아보세요.

프라이버시 보호 : 개인정보를 보호하고, 불필요한 데이터 공유를 피하세요. 온라인 활동 시 개인정보 보호 설정을 철저히 하고, 데이터 수집에 대해 경각심을 가지세요.

사회적 소통 강화 : 오프라인에서의 인간 관계를 강화하고, 대면 소통을 늘리세요. 이는 디지털 세계에서 벗어나 인간적인 연결을 유지하는 데 도움이 됩니다.

자기 성찰 : 주기적으로 자신의 삶을 성찰하고, 자신이 진정으로 원하는 것이 무엇인지 고민하세요. 외부의 영향 없이 자신의 내면을 들여다보고 성찰하는 시간을 가지세요.

역설

세계 인구가 80억이 넘었습니다. 그런데 1년 동안 기아로 사망한 사람의 숫자가 100만 명인 반면, 비만으로 사망한 사람의 숫자는 300만 명이라고 합니다. 누구는 굶어 죽고 누구는 배 터져 죽는 현실을 누가 강제해서 바로잡을 수는 없습니다.

각종 건강 관련 프로그램의 단골 메뉴가 비만이고, 그 비만에 효과적이라는 각종 비법들이 난무합니다. 시서스, 뚱보균, 비에날씬, 새싹보리 등등. 불과 우리나라에서도 제가 젊은 시절에는 비만 인구가 소수에 불과했지만, 28세 때 제 인생 최고 몸무게인 122kg까지 나갔던 적이 있었습니다.

방법은 간단한데 실천이 어렵습니다. 작게 먹고 많이 움직이면 됩니다. 그런데 그것이 참 쉽지 않습니다. 모든 넘침은 기준이 올라가는 데서 생깁니다. 처음에는 그릇으로, 그다음은 사발로, 그다음은 밥통째로 먹고도 돌아서면 허기지는 건 꼭 식욕뿐만이 아닙니다. 인간의 내면세계에 잠재된 감춰진 욕망이 다 이런 속성을 갖고 있습니다.

기아에 허덕이는 사람들은 본인이 선택할 수 없었던 국가가 굶어 죽이는 경우가 대부분입니다. 배 터지게 먹어서 비만으로 죽는 사람도 자기가 선택할 수 없었던 국가가 먹을 것이 풍족한 이유 때문에 생긴 것이라고 변명을 늘어놓을 수도 있습니다. 하지만 한 번쯤 들여다봐야 합니다. 맛있게 먹고 버려지는 음식이 생길 때마다 내가 지금 낭비한 음식으로 인해 보이지 않는 누군가를 굶기고 있지는 않은지.

내가 오늘 사서 마시다 절반도 마시지 않고 버린 아메리카노 커피 한 잔 값이 언젠가 당신의 목에 칼을 겨누는 비수가 되어 돌아올지도 모릅니다. 작은 돈 함부로 생각하지 마세요. 이것이 부자들의 제1원칙입니다.

실천 방안

작게 먹고 많이 움직이기 : 식사량을 조절하고 규칙적인 운동을 통해 건강한 생활 습관을 유지하세요. 꾸준한 운동과 균형 잡힌 식사가 중요합니다.
음식 낭비 줄이기 : 음식을 낭비하지 않도록 주의하고, 필요한 만큼만 구매하세요. 남은 음식은 재활용하거나, 이웃과 나누는 방법을 고려하세요.
내면의 욕망 다스리기 : 자신의 식욕뿐만 아니라 내면의 욕망을 다스리는 연습을 하세요. 명상이나 사색을 통해 내면의 평화를 찾는 것이 도움이 됩니다.
기부와 나눔 실천 : 음식 낭비를 줄이는 동시에, 기아에 허덕이는 사람들을 돕기 위해 기부와 나눔을 실천하세요. 작은 노력으로 큰 변화를 만들 수 있습니다.
작은 돈의 소중함 인식 : 작은 돈의 소중함을 인식하고, 무분별한 소비를 자제하세요. 돈을 현명하게 사용하는 습관을 기르세요.
건강한 습관 형성 : 일상 속에서 건강한 습관을 형성하고, 꾸준히 실천하세요. 건강한 생활 습관은 장기적인 건강과 행복을 가져다줍니다.

창과 방패

세상 만물의 운행은 음양의 이치와 오행의 조합으로 이루어지며, 흥망성쇠, 생로병사 또한 그 순리에서 벗어나지 못합니다.
그래서 세상 일이 잘 풀리고 하는 일마다 잘될 때 방어적인 자세를 취하고 방패를 잘 사용해서 외부의 공격을 방어해야 합니다. 반면에, 경기가 나빠지고 모두가 힘들 때는 창을 들고 공격해야 합니다.
우수한 격투기 선수는 수비가 강합니다. 그 어떤 선수도 한 대도 맞지 않고 승리의 월계관을 쓸 수는 없습니다. 창업을 하거나 자산 관리를 하거나 기존 사업을 할 때, 또는 인간관계에서나 나설 때와 물러설 때를 알아야 합니다. 공격만 앞세운 축구로 5골을 넣어본들, 6골을 먹으면 패하는 것입니다.
모든 스포츠가 공격형 플레이어를 칭찬하지만, 실속 있는 선수나 팀은 수비가 강합니다. 모든 일을 도모할 때 성공의 가능성보다 실패의 가능성을 먼저 깊이 고민해야 더 쉬운 성공의 길이 보입니다.
공격과 수비, 창과 방패는 따로 분리되어 있는 것이 아닙니다. 돈이 잘 벌릴 때 소비와 투자를 늘리고, 안 벌릴 때 소비와 투자를 줄이는 것은 전형적인 자본시장의 패배자, 가난한 사람들의 자산 관리 방법입니다. 돈이 누구나 잘 벌어질 때는 외식, 사치품 구매, 주택 마련 등을 뒤로 미루고 구두쇠로 살아야 합니다. 왜냐하면 모든 자산 가치에 구매자가 많으면 거품이 생기기 마련이기 때문입니다.
큰 부자들은 늘 반대로 행동해왔습니다. 누구나 돈이 벌릴 때는 쓰지 않고 투자도 하지 않습니다. 돈이 안 벌릴 때 돈을 쓰고 투자를 늘립니다. 왜냐하면 돈이 벌릴 때 흥청망청 써서 사둔 자산들이 헐값에 시장에 나오기 때문입니다.

이것은 부자로 가는 진리의 바이블입니다. 잘 관찰해 보세요. 지금은 창과 방패 중 어느 무기를 사용해야 할 때인지. 지금 당신이 사용하는 무기가 미래의 부를 만들 것입니다. 궁하면 변하고, 변하면 통하고, 통하면 오래갑니다.

실천 방안

상황 파악하기 : 현재의 경제 상황과 개인 재정 상태를 파악하세요. 어떤 때에 방패를 들고 방어해야 하고, 어떤 때에 창을 들고 공격해야 할지 판단하는 것이 중요합니다.
위기 대비 전략 세우기 : 경제 상황이 좋을 때는 절약하고, 위기 상황에 대비하는 전략을 세우세요. 소비와 투자를 계획적으로 조절합니다.
다양한 투자 포트폴리오 구축 : 다양한 투자 포트폴리오를 구축하여 리스크를 분산하세요. 주식, 부동산, 채권 등 여러 자산에 분산 투자합니다.
장기적인 관점 유지 : 단기적인 성과에 연연하지 않고, 장기적인 관점에서 재정 관리를 하세요. 지속 가능한 성장을 목표로 삼습니다.
지출 관리 : 지출을 철저히 관리하고, 불필요한 소비를 줄이세요. 긴급 상황에 대비할 수 있는 비상 자금을 마련합니다.
경제 트렌드 분석 : 경제 트렌드를 분석하고, 현재 상황에 맞는 전략을 수립하세요. 시장의 변화를 잘 파악하는 것이 중요합니다.

협상과 협박

협상과 협박은 재료가 같지만, 누가 어디에 어떻게 사용하느냐에 따라 달라집니다. 조작하고자 하는 쪽의 의도에 따라 협상으로도 협박으로도 사용될 수 있습니다. 영화 "대외비"에서 이는 극명하게 드러납니다. 부산 도시개발 유출 자료가 때로는 협상 자료로, 때로는 협박 자료로 사용되면서 사람만 죽어나가고, 결국 그 재료를 잘 이용한 조진웅이 국회의원이 됩니다. 영화는 이렇게 끝납니다.

세상에는 똥을 된장이라고 우기고 빗물인지 눈물인지 모르게 속이는 사람들이 함께 살아가고 있다는 것을 잊지 말아야 합니다. 어떤 경우든 여우처럼 음흉한 그들은 세상에서 일어난 모든 일들을 협박의 자료로 사용할 방법을 찾아냅니다.

이런 사람들을 구별하는 방법은 의외로 간단합니다. 그런 부류들은 자기에게 이익이 되는 일과 아닌 일에 극명하게 반응이 달라집니다. 양의 탈을 쓴 늑대인지, 두 얼굴을 가진 사나이인지 구분하기 어려울 수 있으니 늘 조심해야 합니다. 그래서 오얏나무 아래에서는 갓끈을 고쳐 쓰지 말라는 말이 있는 것입니다. 사람을 사귈 때는 살피고 조심할 일입니다.

실천 방안

사람의 행동 관찰 : 주변 사람들의 행동을 주의 깊게 관찰하고, 이익에 따라 반응이 달라지는 사람들을 구별하세요. 정직하고 신뢰할 수 있는 사람들과의 관계를 유지하세요.
정보의 신중한 사용 : 중요한 정보를 다룰 때 신중하게 사용하고, 악의적인 목적으로 이용될 가능성을 염두에 두세요. 협상과 협박의 경계를 분명히 하고, 협상의 도구로만 사용하세요.
자기 보호 강화 : 협상이나 관계에서 자신을 보호하는 방법을 배우세요. 명확한 의사소통과 협상의 기술을 통해 상대방의 의도를 파악하고 대응하는 능력을 키우세요.
신뢰할 수 있는 인맥 구축 : 신뢰할 수 있는 사람들과의 네트워크를 구축하고 유지하세요. 신뢰할 수 있는 인맥이 중요한 순간에 큰 도움을 줄 수 있습니다.
정서적 지능 개발 : 정서적 지능을 개발하여 사람들의 의도를 더 잘 파악하고, 감정적인 상황에서 침착하게 대처하세요. 이는 협상에서 중요한 역할을 합니다.
윤리적인 행동 지향 : 자신의 행동을 윤리적으로 유지하고, 다른 사람을 속이거나 협박하는 행동을 하지 마세요. 정직하고 투명한 행동이 신뢰를 구축하는 데 중요합니다.

슈퍼맨

니체는 위버멘쉬라는 개념을 제시했습니다. 니체는 신을 죽였다고 선언한 후, 인간 스스로가 슈퍼맨이 되어야 한다고 외쳤습니다. 이는 너무 의존적이고 이기적인 기복신앙이 뿌리 깊게 자리 잡은 서양 종교철학과 동양 종교철학 모두를 깨부수고 스스로 자립하라는 의미입니다.

사실, 말이 좋아 종교지, 교회든 절이든 성당이든 자기 복 빌러 간다면 시간 낭비일 수 있습니다. 사후세계를 보장받으러 간다면 그 또한 마찬가지입니다. 살아 있는 지금 여기서 구하지 못한 천국을 죽어서 어찌 구할 수 있을까요?

니체는 살아서 천국을 보고 가라고 합니다. 우리에게 충분히 그럴 가능성이 있는데도, 스스로 모르고 살아온 시간이 길어져서 길을 잃었다고 합니다. '선악의 저편', '도덕의 계보', '아침놀', '인간적인 너무나 인간적인', '짜라투스트라는 이렇게 말했다' 등의 다양한 저서 속에서 일관되게 스스로 떨치고 일어나 위버멘쉬가 되기를 바라고 있습니다.

그 길은 조작된 눈으로 보는 세계를 버리고 사실을 직시할 때 위버멘쉬의 위대한 영혼이 깨어난다고 강조합니다. 없는 것을 있다고 하지 말고, 없다가 생긴 것을 원래 있었다고 하지 말고, 안 보이는 세계를 있다고 고집하고, 보이는 세계를 없다고 부정하면서 어디서 천국을 구할까요?

자세히 들어보세요. 자세히 살펴보세요. 사실이 사실대로 보이고 들릴 때 위버멘쉬의 혼이 깨어날 것입니다. 당신 안에 있는 슈퍼맨을 만나러 떠나보세요.

실천 방안

자기 탐구 : 자신의 내면을 깊이 탐구하고, 스스로의 가능성을 믿으세요. 내면의 힘을 깨닫고, 자신을 위버멘쉬로 성장시키세요.
사실 직시 : 조작된 눈으로 보지 않고, 사실을 그대로 직시하세요. 현실을 있는 그대로 받아들이고, 왜곡된 시각을 버리세요.
독립적인 사고 : 의존적인 신앙이나 철학에서 벗어나, 독립적인 사고를 키우세요. 스스로의 생각과 판단을 존중하고, 자립적인 삶을 살아가세요.
끊임없는 자기계발 : 끊임없이 자기계발을 위해 노력하세요. 새로운 지식을 습득하고, 다양한 경험을 통해 자신을 성장시키세요.
긍정적인 태도 : 긍정적인 태도를 유지하고, 자신의 잠재력을 믿으세요. 어려움에 굴하지 않고, 스스로의 힘으로 문제를 해결하려고 노력하세요.
타인과의 교류 : 타인과의 교류를 통해 다양한 시각을 접하고, 자신의 생각을 넓히세요. 서로의 경험을 공유하며, 성장할 기회를 만드세요.

정상에서 만납시다

아마도 자기개발서 중 꽤 많이 팔린 책 중 한 권이 아닐까 생각합니다. 그런데 왜 다들 정상에서 만나자고 할까요? 설악산 아래서 보는 세상과 설악산 정상에서 보는 세상이 다르다는 걸 정상에 안 가본 사람도 알고 있습니다. 그런데 정상에서 만나려면 거쳐야 될 고난의 행군이 있습니다. 모든 높은 정상은 가파른 오르막을 올라서야 비로소 정상에 설 수 있습니다. 그것은 높은 정상일수록 더 많은 더 오랜 고통과 인내를 요구합니다. 땀 한 방울 안 흘리고 정상으로 가는 언덕을 오르는 방법은 없습니다. 정상에 서고 싶다면 명심해야 합니다. 가파른 오르막을 지나지 않고는 거기에 도달할 수 없다는 걸.

정상에서의 만남은 세상에서 가장 멋진 전망을 제공해줄 것입니다. 이 멋진 전망은 그에 걸맞은 노력과 고난의 여정을 통해 얻을 수 있습니다.

높은 정상에 오르기 위해서는 가파른 오르막과 긴 여정을 거쳐야 합니다. 이는 우리 삶에서도 마찬가지입니다. 중요한 목표를 이루기 위해서는 많은 노력과 인내가 필요합니다. 때로는 길고 험난한 길을 걸어야 하지만, 정상에 도달했을 때의 성취감과 기쁨은 그 어떤 것과도 비교할 수 없습니다.

설악산 아래에서 보는 세상과 정상에서 보는 세상이 다르듯이, 우리의 목표를 이루기 전과 후의 삶은 큰 차이가 있습니다. 정상에 서기 위해서는 많은 땀과 고통이 따르지만, 그 고통을 극복한 후의 성장은 우리를 한 단계 더 성숙하게 만듭니다.

실천 방안

목표 설정 : 도달하고자 하는 명확한 목표를 설정하세요. 목표를 설정하고, 그 목표를 이루기 위한 계획을 세우세요.
꾸준한 노력 : 목표를 이루기 위해 꾸준히 노력하세요. 하루하루 작은 목표를 달성하며, 긴 여정을 한 걸음 한 걸음 나아갑니다.
인내와 끈기 : 어려움이 닥칠 때마다 인내와 끈기를 가지고 버티세요. 고난과 어려움은 성장을 위한 중요한 과정입니다.
긍정적인 태도 : 긍정적인 태도를 유지하며, 자신의 목표를 향해 나아가세요. 긍정적인 마인드는 어려움을 극복하는 데 큰 도움이 됩니다.
자기 성찰 : 정기적으로 자신의 목표와 성취 과정을 성찰하세요. 자신의 성장을 돌아보며, 더 나은 방향으로 나아가기 위한 계획을 세우세요.
지원과 협력 : 주변 사람들의 지지와 협력을 받으며, 함께 목표를 향해 나아가세요. 혼자서만이 아니라, 함께 이루어가는 과정이 더욱 의미 있고 성취감이 큽니다.

파괴와 창조

모든 파괴는 창조의 시작입니다. 나이를 들어간다는 것은 파괴에 대한 두려움이 커져간다는 의미가 될 수도 있습니다. 그러나 세상의 어떤 창조도 파괴 없이는 만들어지지 않습니다. 기독교적 용어인 거듭남이란 말을 이전의 나를 파괴하고 새로운 나를 창조한다는 의미로 해석할 수 있습니다. 새로운 길을 가고자 하는 사람은 파괴할 용기가 있어야만 그 길 위에 설 수 있습니다.
창조는 이전에 없었던 새로움을 의미합니다. 따라서 이전에 존재하던 내적, 외적 파괴가 있고 난 연후에 창조가 시작됩니다. 창조의 벼랑 끝에 나를 세우고 정면을 바라본 후 뒤를 돌아보세요.
인생을 살아가면서 창조적 에너지가 언제 가장 많이 생겨날까요? 대부분은 큰 시련을 겪는 과정에서 지금까지 평안하고 안락했던 지나온 길은 누군가 만들어놓은 길 위에 내가 서 있었다는 것을 보게 됩니다. 그리고 그 길이 아닌 제3의 길, 창조의 길로의 여정을 시작하려는 용기를 가진 자는 지나온 과거의 자기 옳음, 생각, 방법, 세상살이 기술 등 그전에 정의된 방식과의 결별을 선언하고 파괴를 시작합니다.
창조란 어제의 내가 죽은 후에야 새로운 창조가 시작됩니다. 창조는 두려움과 공포, 이 두 놈과 꼭 세트로 움직입니다. 이전의 모두가 인정하는 길을 버리고 아무도 가본 적 없는 새로운 길로 한 걸음 내딛어 보세요.
유능한 석공은 큰 바위를 두들겨 부셔야만 새로운 작품을 만들 수 있습니다. 피카소나 뭉크 등 그전과 다른 그림을 그린 화가들도 그림에 대한 상식을 파괴함으로써 새로운 창조를 시작했습니다. 현대 고 정주영 회장의 서해안 간척사업 중 사용했던 유조선 공법이란 신 건설 공법은 당당히 토목학에 정주영 공법이란 새로운 장르의 창조가 되었습니다.

미국 높이뛰기 선수 딕 포스베리는 지금 흔히 높이뛰기를 하는 모든 선수가 하는 배가 하늘 쪽으로 향하고 등으로 바를 넘는 방식을 처음 시도한 높이뛰기 선수로, 1968년 멕시코 올림픽에서 금메달을 차지했습니다. 그전에는 모든 높이뛰기 선수가 가위뛰기나 배를 땅 쪽으로, 등을 하늘 방향으로 하는 방식으로 높이뛰기를 했습니다. 파괴는 창조의 어머니입니다. 누에가 누에고치를 벗어나야 나방이 되고, 계란은 껍질을 깨지 않으면 병아리가 되지 못합니다. 인간도 늘 어제의 나를 파괴한 자리에 새로운 나를 창조할 수 있습니다.
명심하고 명심하세요. 어제의 나를 의심하세요. 어제의 나를 부정하세요. 어제의 진리에 '왜'라는 질문을 시작하세요. 지금 존재하는 모든 보편적 진실은 과거의 누군가의 창조물일 뿐, 더 이상 새로운 창조는 아닙니다. 지난 모든 시간을 파괴하는 자가 진정한 창조의 아버지가 될, 신이 될 것입니다.

실천 방안

과거의 자신을 의심하기 : 어제의 자신을 의심하고, 현재의 자신에게 새로운 질문을 던져보세요. "왜"라는 질문을 통해 자신의 생각과 행동을 재평가합니다.
새로운 도전에 용기 내기 : 새로운 도전에 대한 두려움을 극복하고, 창조적 에너지를 발휘하세요. 익숙한 길을 버리고 새로운 길로 한 걸음 내딛어 보세요.
창의적 사고 연습 : 창의적인 사고를 연습하고, 새로운 방식으로 문제를 해결해 보세요. 기존의 틀을 깨고, 새로운 아이디어를 받아들이는 연습을 합니다.
실패를 두려워하지 않기 : 실패를 두려워하지 말고, 실패를 통해 배우는 자세를 가지세요. 실패는 새로운 창조의 기회를 제공합니다.

분배 01 - 분배의 갈등

인간이 집단생활을 시작하기 이전부터 분배는 늘 화두였습니다. 원시 수렵과 사냥으로 살아가던 시절부터 현재에 이르기까지 총획득물을 어떻게 분배하느냐는 늘 피로 얼룩진 혁명이라는 근간을 이루는 핵심 명분이었습니다.
사피엔스 출현 후 우리 조상들은 언제나 이 문제로 인해 갈등과 반목, 전쟁, 폭력, 진압, 민중항쟁, 혁명 등의 소용돌이로부터 자유로울 수 없었습니다. 근대 역사에서 프랑스 대혁명 이후 볼셰비키 혁명을 거치면서 분배의 방식으로 과거 봉건 영주의 독점적 지배권을 혁파하고, 산업혁명과 더불어 큰 줄기로 자리 잡은 시장경제 민주주의와 계획경제 공산주의도 결국은 분배의 방식에 대한 부르주아와 프롤레타리아의 생각의 차이를 좁히지 못한 데서 오는 혼란과 분쟁은 여러 가지로 소모적 논쟁을 해온 게 현실입니다.
우리나라도 정권이 바뀔 때마다 정책의 중요 화두가 성장이 우선이냐, 분배가 우선이냐를 두고 만나기 어려운 평행선과 같이 대립해온 게 사실입니다. 그 어떤 논리도 확실한 정답을 아직은 내놓지 못한 게 현실 아닐까요?
한국 진보경제학의 거목이신 학현 변형윤 선생님이 95세를 일기로 작년 말 타계하셨습니다. 그동안 한국 경제 이론의 두 기둥, 보수경제이론 서강학파와 진보경제이론 학현학파 간 이론적 논란과 현실 정치에서의 실험은 아직까지 승부를 가리지 못하고 있다고 봐도 무방할 듯합니다.
이전 정부의 분배 위주의 친서민 노동자 정책과 확장 재정 정책이 그 연속성을 가져가지 못하고, 성장 위주의 경제 정책과 친기업 정책, 노동시장의 유연성, 복지 예산의 현실화, 국가 재정의 건전성 등을 기치로 출발한 현 정부 결과값도 아직은 진행형입니다. 앞으로 시간이 지나가면서 양 극단의 간극이 좁혀지기를 바라는 마음이나 현실은 그다지 녹록하지가 않습니다.

중요한 건 이 시소 게임의 균형추의 중요한 당사자가 나 자신이라는 것입니다. 그것은 곧 우리 자신이라는 것입니다. 우리는 연을 날리는 사람처럼 너무 팽팽하면 줄이 끊어지니 풀어주고, 너무 느슨하면 연이 잘 날지 못하니 당겨주는 지혜가 필요합니다.
당장은 지금의 제도와 시스템을 갈아엎고 새로운 세상을 만들 혁명적 대안이 나오지 않은 이상, 현재 제도의 수레바퀴를 균형 있게 잘 돌리는 기술은 국민 한 사람 한 사람의 의사결정이 반영된 투표가 그 동력이 되어서 나갈 거라 봅니다.

실천 방안

정치적 참여 : 자신의 의견을 반영할 수 있는 투표에 적극 참여하세요. 국민 한 사람 한 사람의 의사결정이 중요한 역할을 합니다.
균형 잡힌 시각 : 성장과 분배의 균형을 유지하는 정책을 지지하세요. 극단적인 입장보다는 균형 잡힌 시각을 가지는 것이 중요합니다.
경제적 이해 : 경제 이론과 정책에 대한 이해를 높이세요. 다양한 관점을 접하고, 자신의 의견을 형성하는 데 도움이 됩니다.
사회적 책임 : 사회적 책임을 다하고, 공동체의 일원으로서의 역할을 인식하세요. 사회적 불평등을 해소하는 데 기여할 수 있습니다.

분배 02 - 분배의 미학

공존은 분배를 위한 필수 덕목입니다. 분배란 단어 자체가 내포하는 의미는 나눈다는 뜻입니다. 나눈다는 것은 피아가 분명히 존재함을 의미합니다. 내가 많이 가질 것인가, 당신이 많이 가질 것인가. 여기에서 통찰해야 할 것은 공존입니다.

노동자와 사용자가 공존하고, 여당과 야당이 공존하고, 여자와 남자가 공존하고, 인간과 지구상의 모든 생물이 공존하고, 기독교, 불교, 이슬람교 등 모든 종교가 공존하고, 가난한 사람과 부자가 공존하고, 선악이 공존하고, 의와 불의가 공존하고, 사이코패스나 장애인, 성소수자, 공산주의자가 공존하고, 탐욕과 자비가 공존하고, 착취와 기부가 공존하고, 아름다움과 추함이 공존하고, 군자와 소인이 공존하고, 부처와 중생이 공존하고, 하느님과 인간이 공존하고, 그 외 모든 것이 공존합니다. 이렇듯 공존은 생입니다. 공존이 내가 사는 길입니다.

반대에 있는 그 누구도 죽이지 마세요. 그 순간 당신도 사라질 것입니다. 그 속에서 분배의 미학을 찾아봅시다. 분배는 나누는 것이지 독점하는 것이 아니라는 것을 명심한다면, 상대에 대한 경외심은 아니더라도 파트너로서의 인정이 시작될 것입니다.

일당 독재국가, 공산국가, 절대군주 국가가 오랜 시간 시도한 모든 분배 방식이 실패로 귀결된 이유는 무엇일까요? 그것은 상대를 공존의 상대로 인정한 것이 아닌, 갑을 관계로 설정한 시스템으로는 공정한 공존을 위한 분배가 어려웠다는 반증 아닐까요? 우리가 고민해 봐야 할 시대적 고찰 중 하나인 공존을 바탕으로 한 분배 미학에 관심을 가져보는 것은 어떨까요?

실천 방안

서로의 차이를 인정하기 : 다른 사람의 차이를 인정하고, 다양한 의견을 존중하세요. 서로의 다양성을 받아들이는 것이 공존의 시작입니다.
공동의 목표 설정 : 공존을 위한 공동의 목표를 설정하고, 이를 위해 협력하세요. 상호 간의 목표를 달성하는 과정에서 신뢰와 존중이 생깁니다.
공정한 분배 : 자원을 공정하게 분배하고, 상호 이익을 고려하세요. 독점하지 않고, 모두가 혜택을 누릴 수 있는 방안을 찾습니다.
지속 가능한 발전 : 환경과 자원을 고려한 지속 가능한 발전을 추구하세요. 현재와 미래 세대가 함께 살아갈 수 있는 세상을 만듭니다.

분배 03 - 분배의 문제

나도 직업 관계상 눈뜨고 하는 일이 어떻게 이익을 남길 것인가입니다. 유통업이라는 것이 제조업과 달리 제조해놓은 상품을 사들여서 적정 이윤을 붙여서 시장에 되파는 행위이지만, 이 단순한 행위가 그리 녹록한 게 아닌 것이 늘 시장에는 시장 가격의 교란자들이 있기 마련이고, 특히 요즘처럼 인플레이션이 극심한 시기에는 가격 인상 폭이 적당한지 아닌지 판단하기가 어려운 게 현실입니다.

본론으로 들어가서, 나처럼 소규모 회사를 운영하는 사람도 늘 영업이익 창출을 위해 고군분투해서 얻은 이익을 어떻게 분배하느냐라는 문제는 늘 숙제입니다. 영업이익은 순이익이 아닙니다. 벌어들인 이익 중에서 모든 비용을 지출하고 남은 돈이 순이익입니다. 그래서 늘 분배라고 하는 문제는 쉽게 풀어가기 어려운 문제입니다.

삼성전자를 예로 들면, 작년도 영업이익은 1분기, 2분기 약 14조 정도 벌어서 당기순이익이 10조 이상 발생했습니다. 그런데 3분기, 4분기는 급격하게 쪼그라들었습니다. 여기서 문제는 총획득물이 감소하고 총근로자 수가 변동이 없다면 분배가 줄어들어야 정상인데, 지금의 우리나라 분배 구조가 그걸 쉽게 허락하지 않는 게 현실입니다. 한 번 올라간 임금은 내리는 법이 없습니다.

그리고 당기순이익 감소는 국가 입장에서는 세수 확보에 어려움이 생깁니다. 모든 직접세는 소득이 있는 곳에 세금을 매기는 구조로 되어 있습니다. 그런데 당기순이익이 마이너스가 발생하면 고정비용 중 줄일 수 있는 것이 분배해야 하는 몫을 줄이는 수밖에 없습니다. 다른 비용은 줄이기가 쉽지 않은 게 현실인데, 그때 임금 인하 아니면 해고 둘 중 하나를 선택하지 않으면 어찌 됐든 기업은 도산하게 됩니다. 여기서 노동시장 유연성에 대한 시각 차이가 발생할 수밖에 없습니다. 어떤 문제이든 자기 주장을 펴기 전에 상황의 본질을 이해하는 것이 중요합니다.

실천 방안

비용 절감 전략 : 효율적인 비용 관리를 위해 경영 전략을 재검토하고, 필요 없는 비용을 줄이는 방안을 모색합니다.
근로자와의 소통 : 임금 인하나 해고와 같은 어려운 결정을 내릴 때, 근로자들과 충분히 소통하고 이해를 구합니다.
시장 분석 : 지속적인 시장 분석을 통해 적정한 가격 인상 폭을 결정하고, 경쟁력을 유지합니다.
재투자 전략 : 얻은 이익의 일부를 다시 회사 성장에 재투자하여 장기적인 성장을 도모합니다.
사회적 책임 : 분배 문제를 해결하면서도 사회적 책임을 다하는 기업문화를 확립합니다.

분배 04 - 공존의 가치

분배를 위해서는 먼저 공동 사냥을 통해 포획물을 획득해야 합니다. 획득하고 난 이후에야 분배를 논할 수 있습니다. 과거 원시 사회에서 공동으로 집단화된 힘과 역할의 분담, 그리고 사피엔스의 지혜로운 두뇌가 인간보다 훨씬 더 강하고 큰 동물을 사냥할 수 있는 이유였다고 생각하는 것이 합리적입니다. 그런데 그때나 지금이나 숙제는 늘 나누는 문제로 귀결되었습니다.

수만 년이 지난 지금도 모든 국가 정책이 일단 국가 총생산, 즉 성장률 수치로부터 자유로울 수 있는 정권은 자본주의 시장경제 체제를 기반으로 한 자유민주주의 국가에서는 권력의 연속성 보장이라는 가치와 맞물려 항상 부자를 이용한 부의 창출이란 방법을 내다 버리기가 어려운 게 현실입니다.

뉴스나 신문에서 우리나라 1인당 GNI가 35,000달러가 넘었다거나 일본을 앞질렀다고 하지만 왜 보통의 국민들은 그 수치를 피부로 느끼지 못할까요? 그것은 대기업 집단을 통해 벌어들인 돈은 수치상 우리들이 부자가 된 것처럼 착시 현상을 일으켰을 뿐이지 실제로 내가 부자가 된 것은 아니기 때문입니다. 날이 갈수록 전체 국가 총소득에서 대기업 집단의 비중은 확대되어 60%가 훨씬 넘은 지 오래고, 일반 서민의 국가 총소득에서 차지하는 비중은 계속 하락하고 있는 게 현실입니다.

여기서 시장의 심판자인 정치권 사람들은 부자들이 더 많은 부를 축적할 수 있도록 돕지 않으면 국제 경쟁력 측면에서 국가 경쟁력 순위가 뒤로 밀리거나 노동시장의 경직성, 정부의 과도한 시장 개입, 자본시장의 공정성 등 복합적 문제가 생길 수 있습니다. 외국계 자본이 자유롭게 이동되는 현 신자유시장 자본주의 체제 속에서는 부자를 더 부자로, 그것도 국산 부자가 아닌 외제 부자가 만들어지는 시스템을 잘 갖추지 않으면 외국 자본은 우리나라를 떠나게 됩니다. 부자를 더 부자로 만드는 세제 개편을 마냥 반대만 할 수도 없는 딜레마가 법인세 최대 구간 2% 인하 이슈입니다.
이런 여러 가지 난제를 해결하면서 분배의 미학을 만드는 일은 쉽지 않은 선택임을 인식하고 어느 한쪽의 일방적 논리로 서로가 공존의 가치를 훼손하지 않도록 노력해 갈 때입니다.

실천 방안

경제적 이해 : 경제 구조와 정책에 대해 더 깊이 이해하세요. 이를 통해 더 나은 분배 방법을 제안하고 실천할 수 있습니다.
협력과 소통 : 다양한 의견을 존중하고, 협력과 소통을 중요시하세요. 서로의 입장을 이해하고, 공존의 가치를 실현합니다.
지속 가능한 성장 : 지속 가능한 성장을 추구하며, 환경과 사회적 책임을 고려하세요. 장기적인 발전을 목표로 합니다.
사회적 기여 : 사회에 긍정적인 영향을 미치는 활동에 참여하세요. 기부나 봉사활동을 통해 공존의 가치를 실현합니다.

아쉬움

후회로 가는 길목에서 만나는 되는 것 중에 악마인지 천사인지 알 수 없는 아쉬움이라는 감정이 있습니다. 사람 관계나 유통업을 하는 사람은 이 아쉬움이라는 천사와 악마 두 얼굴을 동시에 갖고 있는 아수라백작을 만날 때가 많습니다. 하루 일찍 발주한 바람에 비싸게 살 때도, 하루 늦게 팔아서 손해 날 때도 늘 아수라백작을 만납니다.

우리는 늘 두 얼굴의 아수라백작을 만나는 순간에 아쉬움에 돌아서지를 못합니다. 이익과 손해, 사랑과 미움, 만남과 이별, 어떤 부탁을 들어줄 때와 거절할 때, 늘 만나는 아쉬움이라는 아수라백작. 그러나 아쉬움이 생길 때 돌아서서 끊어내야 후회라는 악마를 만날 일이 줄어듭니다. 헤어진 연인은 더 아름다워 보이는 법입니다.

아쉬울 때 돌아서세요. 인연이든 거래든, 인간관계든 아쉬울 때 돌아서야 후회로 다시 만나지 않을 사람을 만들지 않습니다. 아쉬움은 당신에게 오는 보약 같은 시그널입니다. 아수라백작 아시죠? 모르시면 네이버 신에게 물어보세요.

실천 방안

균형 있는 판단 : 이익과 손해, 사랑과 미움, 만남과 이별 등에서 균형 있는 판단을 하세요. 감정에 치우치지 않고 이성적으로 판단하는 것이 중요합니다.
적절한 거리두기 : 아쉬움이 생길 때는 적절한 거리두기를 통해 냉정하게 상황을 바라보세요. 후회를 줄이는 데 도움이 됩니다.
감정 조절 : 감정을 잘 조절하고, 즉흥적인 결정을 피하세요. 감정에 휘둘리지 않고 신중하게 행동하는 것이 중요합니다.
자기 성찰 : 정기적으로 자신을 성찰하고, 자신이 느끼는 아쉬움의 원인을 파악하세요. 자기 성찰을 통해 더 나은 결정을 내릴 수 있습니다.
긍정적인 태도 유지 : 긍정적인 태도를 유지하며, 아쉬움에도 불구하고 앞으로 나아가세요. 긍정적인 마인드는 후회를 줄이는 데 큰 도움이 됩니다.
현명한 선택 : 중요한 결정을 내릴 때는 시간을 두고 신중하게 생각하세요. 감정적인 결정보다는 이성적인 판단을 통해 현명한 선택을 합니다.

살인

법률적으로는 살인이란 사람을 죽이는 행위를 이르는 말입니다. 사람을 죽이는 일이 꼭 총과 칼로만 하는 게 아니라는 건 잘 알고 있으리라 봅니다.

말로 하는 살인, 글로 하는 살인, 무관심과 왕따로 하는 살인. 꼭 사람 목숨을 거두어 드리지 않더라도 우리는 얼마든지 살인에 준하는 행동을 할 수 있습니다. 그래서 사회에서 매장시킨다, 정치적 생명이 끝났다라는 표현을 쓰기도 합니다.

때로는 나의 아무 생각 없는 행동과 말이 어떤 이에게는 죽음보다 더한 고통을 가져다주곤 합니다. 악플로도 고통스러워서 자살하는 사람이 있는데, 하물며 대인 관계 속에서 의도적인 소외, 배척, 무시 등 무어라 꼭 꼬집어 표현할 수 없는 방법으로 상대에게 고통을 줬다면 그 행위는 미필적 고의에 의한 살인미수는 아닐런지.

상대를 부르는 호칭을 바꾼다면 무슨 이유로 바꾼지는 바꾼 사람이 인지해야 합니다. 이름을 부르다가 직책을 부르다가 야, 니, 그 새끼, 이 자식. 욕이 아니고도 상대를 욕보이는 호칭은 무수히 많습니다.

그리고 내뱉은 말이 칼이 되어서 독약이 되어서 상대를 정신적 죽음으로 몰고 갔다면 그것도 간접살인의 한 가지 일 것입니다. 우리는 무심코 던진 말과 글이 그리고 행동에 칼을 숨겨서 함께 내보내지는 않았는지 살펴야 합니다.

그것은 오로지 정신적 피해를 본 쪽의 기준으로 생각해야 합니다. 왜냐하면 모든 도덕적 법적 책임은 피해를 본 사람 기준에서 출발하기 때문입니다.

실천 방안

말과 행동의 신중함 : 말과 행동을 신중하게 하세요. 상대방에게 상처를 줄 수 있는 말이나 행동을 피하고, 항상 상대방의 입장에서 생각해보세요.
호칭의 존중 : 상대방을 부를 때 존중하는 호칭을 사용하세요. 호칭 하나만으로도 상대방에게 큰 영향을 미칠 수 있습니다.
감정 조절 : 화가 나거나 감정이 격해질 때, 잠시 멈추고 감정을 조절하세요. 감정에 휘둘리지 않고 이성적으로 대처하는 것이 중요합니다.
공감과 이해 : 상대방의 입장을 이해하고 공감하려고 노력하세요. 공감은 인간관계를 더욱 건강하게 만듭니다.
피드백 수용 : 자신의 말과 행동에 대한 피드백을 수용하고, 개선하려고 노력하세요. 피드백을 통해 더 나은 자신을 만들어갑니다.
긍정적인 대화 : 긍정적인 대화를 통해 상대방과의 관계를 개선하세요. 칭찬과 격려의 말을 자주 사용하여 긍정적인 분위기를 조성합니다.

옛날이 좋았어 01

흔히들 50대 이상이거나 아니면 그 미만이라도 이런 말을 입에 달고 사는 사람들이 있습니다. 친구들은 어떤가요? 옛날이 좋았나요?
그 옛날로 내 자식이나 손자를 지금 세상에서 보내서 1970년대에 초등학교를 다니게 하고 싶은가요? 난 아닙니다. 진정 아닙니다. 고무신만 6년 내내 신고 다닌 어린 시절, 겨울에 양말도 제대로 없어서 맨발이나 빵구 난 짝짝이 양말도 감지덕지 했던 시절, 밥이라고는 거의 쌀이 없다시피 한 꽁보리밥에 도시락도 양은 도시락에 보리밥에 신 김치로도 감지덕지 하던 그 시절이 왜 좋았단 말인가요?
우리 기억 속의 지난 시간을 스스로 조작하지 맙시다. 하루 세 끼 밥 먹기가 쉽지 않았던 그때를, 중학교 육성회비가 부담스러워서 국졸로 학업을 중단했던 옛날로 돌아가고 싶지 않습니다. 나는 내 아들딸들과 손주들에게 지금보다 안전하고 하고 싶은 일과 가보고 싶은 곳, 먹고 싶은 것으로부터 자유로운 미래를 물려주고 싶습니다.
냉정하게 생각해봅시다. 진짜로 옛날이 좋았는지, 옛날로 돌아가고 싶은 생각이 없다면 이제 우리 자식들에게 "라떼는 말이야"라는 꼰대스러운 말이 아닌 더 나은 미래의 삶을 함께 이야기해봅시다.

실천 방안

과거와 현재의 균형 잡기 : 과거를 회상하되, 현재의 긍정적인 면을 인식하고 감사하세요. 과거와 현재를 균형 있게 바라보는 것이 중요합니다.
미래를 위한 계획 세우기 : 자녀들과 손주들에게 더 나은 미래를 물려줄 수 있도록 노력하세요. 그들의 꿈과 목표를 지원하고 응원합니다.
긍정적인 대화 : 과거를 이야기할 때 긍정적인 면을 강조하고, 현재와 미래에 대한 희망적인 이야기를 나누세요. 긍정적인 대화는 더 나은 관계를 만듭니다.
계속 배우기 : 새로운 기술과 지식을 계속 배우며, 변화에 적응하세요. 새로운 것을 배우는 것은 세대 간의 격차를 줄이는 데 도움이 됩니다.
자녀들과의 소통 : 자녀들과의 소통을 통해 그들의 생각과 감정을 이해하세요. 소통을 통해 더 나은 부모와 자녀 관계를 형성할 수 있습니다.
현재의 가치를 인식 : 현재의 가치를 인식하고, 그것을 소중히 여기는 자세를 가지세요. 현재의 소중함을 깨닫고, 현재를 즐기세요.

옛날이 좋았어 02

아마도 사피엔스가 지구에 출현한 후로 지금이 최상의 태평성대가 아닐까 합니다. 훗날 200년쯤 지난 후 세계사적 흐름을 사학자들은 지금의 시대를 뭐라고 이야기할까요? 불과 3세기 전 인간의 평균 수명은 25세 전후였고, 20세기에 들어서 50세 정도까지 올라갔습니다. 최근 선진국들의 평균 수명은 80세를 넘어섰으니 사피엔스 출현한 수만 년 동안 최근 들어 3배 이상 평균 수명이 늘었습니다.

신생아 사망률도 30% 이상인 국가가 태반이던 과거에 비해 현재는 1%가 채 안 됩니다. 홍역, 백일해, 소아마비 그 외 수많은 소아 질병 정복이 큰 공헌을 했습니다. 과거 전쟁, 기아, 전염병 등의 사망이 다반사로 일어났던 것에 비해 현재는 미미한 수준입니다. 코로나 사망자 수가 1%도 채 되지 않습니다. 과거 페스트균 같은 경우 유럽 인구 절반이 사망했습니다. 그 외 여성의 피임, 아동학대, 인권 등도 현저하게 개선되었다는 걸 부정할 수 없습니다.

우리는 옛날이 아닌 미래에 삶을 어디에서 만족과 행복을 찾아가야 될 건지 고민하는 시대가 되었습니다. 떡과 질병의 문제는 획기적 변화가 이루어졌으니 이제 그럼에도 불구하고 아직 채워지지 않은 내면의 굶주림을 해결할 숙제를 풀어가는 것이 중요합니다.

실천 방안

내면의 성찰 : 내면의 행복과 만족을 찾기 위해 자신을 성찰하고, 자신의 진정한 욕구를 탐구하세요. 내면의 평화를 찾는 노력을 기울입니다.
지속적인 학습 : 새로운 지식을 습득하고, 자신을 계속 발전시키세요. 학습을 통해 더 나은 미래를 준비할 수 있습니다.
사회적 기여 : 자신의 능력을 사회에 기여하는 방향으로 활용하세요. 기부나 봉사활동을 통해 더 큰 의미를 찾을 수 있습니다.
건강한 생활 : 신체적, 정신적으로 건강한 생활을 유지하세요. 규칙적인 운동과 건강한 식습관을 통해 더 나은 삶을 영위합니다.
긍정적인 관계 : 가족, 친구, 동료들과 긍정적인 관계를 유지하고, 서로의 성장을 도모하세요. 건강한 인간관계는 행복의 중요한 요소입니다.

옛날이 좋았어 03

과거를 비교하거나 회상할 때 우리 뇌가 과거의 시간에서 끄집어내는 기억이라는 것들의 허상을 정확하게 관찰할 수 있는 사람은 많지 않습니다. 왜냐하면 사람은 보고 싶은 것만 보고, 보고 싶은 대로 해석해서 기억이라는 저장고에 넣어두기 때문입니다. 오랜 시간이 지나서 그 기억을 다시 꺼내봤을 때 사실을 보는 것이 아니라 자기가 기억 저장고에 보관해둔 그대로 보게 됩니다.
"옛날이 좋았어" 전편에 언급된 빈부격차의 변천사를 역사에 기록된 사실로 한 번 재조명해봅시다. 고대는 버리고 근대 유럽을 예로 들면, 중세 르네상스 시절부터 프랑스 대혁명과 산업혁명 이전까지 보통의 사람들이 어떤 대우를 받고 살았을까요? 콜럼버스의 아메리카 대륙 침략이 시작되고 인쇄 혁명으로 마틴 루터의 종교 개혁이 시작되던 시절인 15세기 전후로, 우리 생각에는 보통 사람들이 나름 평등한 분배를 받았을 거라 생각한다면 큰 오산입니다. 그때는 왕과 영주 등 국가 권력과 귀족, 교회 권력이 대부분의 부를 독점하고 있었으며, 수많은 가난한 농노들은 아사를 겨우 면할 정도의 보수와 결혼과 거주지 이전도 불가능한 거의 노예 수준의 삶을 살았습니다.
또 한 번씩 창궐하는 전염병은 공포 그 자체였던 시절에도 지배계층의 권력 구조와 국가 간 전쟁이 지금보다 자주 발생했고, 그로 인해 사람 목숨이 파리 목숨보다 못하던 시절의 울분이 혁명으로 귀결된 것입니다. 우리나라 조선시대 일반 백성의 삶이 더 나았다면 그 숱한 난들이 일어났을 리 만무합니다. 조선 후기 홍경래의 난과 작은 민란들이 얼마나 살기 힘든 시기였는지를 이야기해주고 있습니다.
옛날이 좋았는지 나빴는지 어떤 기준으로 이야기하더라도 남아있는 사실적 기록을 바탕으로 생각하는 것이 타당합니다. 자기 기억 속에 잘못 저장된 것이 아닌 정확한 사실을 이해할 때만 앞으로 또다시 그와 같은 역사를 반복하지 않을 수 있지 않을까요? 생각해봅니다.

실천 방안

역사 공부하기 : 과거의 역사를 공부하고, 객관적인 사실을 바탕으로 판단하세요. 과거의 기록을 통해 현재와 미래를 더 잘 이해할 수 있습니다.
기억의 허상 깨닫기 : 자신의 기억이 항상 정확하지 않다는 것을 인식하고, 기억 속의 허상을 깨달아 보세요. 이를 통해 더 객관적인 시각을 가질 수 있습니다.
현재의 가치 인정하기 : 현재의 가치를 인정하고, 지금 누리고 있는 것들에 감사하세요. 과거와 현재를 비교하여 더 나은 방향으로 나아가도록 노력합니다.
미래 지향적 사고 : 과거를 회상하며 배우되, 미래를 지향하는 사고를 가지세요. 앞으로의 목표와 계획을 세우고, 긍정적인 변화를 추구합니다.
역사적 사실 바탕으로 판단 : 자신의 판단을 역사적 사실에 근거하여 내리세요. 주관적 기억이 아닌 객관적 기록을 통해 더 정확한 판단을 내립니다.
지속적인 성찰과 학습 : 지속적으로 자신을 성찰하고, 새로운 지식을 학습하세요. 과거의 실수를 반복하지 않기 위해 배움의 자세를 유지합니다.

그냥 살다 갑시다

가치 있는 삶, 삶의 의미. 이게 정말 중요한가요? 언제부터인가 우리는 삶의 의미를 찾아야 한다고 착각하게 되었습니다. 많은 시간을 인생의 의미, 삶의 의미를 찾아 헤매면서 낭비하지 않았나요?
인간은 그냥 살아가는 것이지 거기에 따로 의미가 있는 것은 아닙니다. 다만 살아가는데 아무런 이유가 없다고 생각하면 삶을 낭비하는 것 같아서, 괜히 살아가는 시간에 의미를 부여하고 삶의 가치, 삶의 의미라는 말을 만들어서 숨겨진 보물을 찾듯 그 의미를 찾고 있는 것이 아닌지 돌아봐야 합니다. 인생은 그냥 사는 것이 제일 편하고, 그냥 사는 삶이 가장 행복합니다.
인생에 자꾸 의미니 가치니 그런 것들을 갖다 붙여서 잘 사는 사람, 단순하게 욕심 없이 잘 사는 사람을 괴롭히지 말아야 합니다. 인생은 없는 뭔가를 찾는 것이 아니라 있는 그대로 행복하게 살다가 가는 것이 가장 높은 수준의 삶입니다.
5세 때도 몰랐고, 10세 때도 몰랐다면 죽을 때까지 찾아다녀도 삶의 의미, 삶의 가치는 영원히 잡을 수 없는 신기루 같은 것입니다. 하루하루 만나는 모든 것들과 흘러가는 시간에 몸과 마음을 맡기고 그냥 살다 갑시다.

실천 방안

현재에 집중하기 : 미래의 불확실한 의미를 찾기보다는 현재 순간을 즐기세요. 현재의 작은 행복을 소중히 여기는 것이 중요합니다.
작은 것에서 기쁨 찾기 : 일상의 작은 것들에서 기쁨을 찾으세요. 가족과의 시간, 친구와의 대화, 자연 속 산책 등 작은 것에서 행복을 느끼는 연습을 합니다.
자기 수용 : 있는 그대로의 자신을 받아들이고, 현재의 모습을 사랑하세요. 자기 수용은 삶의 만족도를 높여줍니다.
긍정적인 태도 유지 : 긍정적인 태도를 유지하며, 삶을 즐기세요. 긍정적인 마인드는 더 나은 삶을 사는 데 큰 도움이 됩니다.
무리하지 않기 : 인생의 의미를 억지로 찾으려 하지 말고, 자연스럽게 흘러가는 대로 받아들이세요. 무리하지 않고, 있는 그대로의 삶을 살아가는 것이 중요합니다.
자연과 조화 : 자연과 조화롭게 살아가세요. 자연 속에서 쉼을 찾고, 자연의 아름다움을 즐기는 것이 큰 힐링이 됩니다.

예측

미래에 대한 불안과 공포, 기대, 궁금증 등 복합적인 이유로 우리의 삶에 화두 중 하나가 미래 예측입니다. 국가는 국가대로 경제성장률, 출산율, 고용률, 인플레이션, 금리, 주택 가격, 환율 그 외 무수히 많은 예측을 연초에 발표합니다.

예측은 기술이 비약적으로 발전한 날씨 예보조차도 우리끼리 말로 '구라청'이라며 빗나간 날씨 예측을 비아냥거립니다. 수많은 분야의 예측 시스템이 예측대로 결과가 나온다면 얼마나 인생 살기가 쉬워지겠는가 생각해 봅니다.

예측에 가까운 결과를 만드는 일은 개인은 오롯이 자신이 보내는 시간과 행동의 결과가 나타나는 것이니 억울할 필요도 없겠지만, 집단, 국가 집단이던 회사이던 공동의 집단 예측은 나 한 사람의 의지와 선택으로 바꿀 수 있는 것이 아닙니다.

그래서 수많은 가능성 중에서 내가 처음에 예측하지 않은 결과가 나오는 많은 일들을 슬기롭게 대처해가는 방법은 그 어떤 경우든 변화된 상황에 잘 적응할 수 있는 생각의 유연성을 갖는 게 중요한 덕목이 아닐까 합니다. 유연성의 기본 중 기본이 내가 얼마 전 올렸던 글 내용처럼 항상 내 생각이나 예측이 틀릴 수 있다는 것을 인정하는 것입니다.

실천 방안

변화에 대한 열린 마음 : 새로운 상황이나 변화에 유연하게 대처하기 위해 항상 열린 마음을 가지세요.
정보 수집과 분석 : 예측할 때 다양한 정보를 수집하고 분석하여 더 정확한 판단을 내리도록 노력합니다.
유연한 계획 수립 : 계획을 세울 때, 예상치 못한 상황에 대비해 유연한 대응 전략을 포함합니다.
자기 성찰 : 예측이 틀렸을 때, 그 이유를 분석하고 배우는 자세를 가집니다.
연습과 학습 : 예측 능력을 향상시키기 위해 지속적인 연습과 학습을 게을리하지 않습니다.

과소비

소비는 사람이 살아가는 동안에는 많든 적든 누구나 할 수밖에 없습니다. 그런데 과소비는 어느 정도 소비하는 걸 과소비라고 할까요? 기준 잡기가 어렵습니다. 그런데 지금 내 생활은 내 스스로 생각에는 과소비 국면이라고 느끼고 있는데 아내는 전혀 아니라고 합니다.

소비는 두 가지를 해결하기 위한 방편입니다. 첫 번째가 생존입니다. 꼭 필요한 식료품 구입비, 얼어 죽지 않을 만큼의 옷가지. 두 번째 행복지수입니다. 소비를 통해 행복지수를 느끼는 건 영화 관람, 보리밥집, 그리고 도서 구입비. 그런데 지금의 소비는 과거에 비해 많이 늘었는데 소비로 인한 행복지수가 올라갔는가라는 질문에는 글쎄요입니다.

나는 필요 없는 소비와 필요 이상의 음식, 식재료가 가득 차 있는 냉장고나 부식 재워둔 공간 등을 보면 가슴이 답답하고 행복지수가 뚝뚝 떨어져서 볼 때마다 스트레스가 생깁니다. 지금 타고 있는 차는 장거리 운전 편안함과 운행거리에 따른 유류비 등 때문에 어쩔 수 없이 타는 차이긴 하지만 저것도 사치인 것 같습니다.

도대체 누구 기준이 옳은지는 모르나 세계에서 1인당 명품 구매 지수가 압도적 1위 국가가 대한민국이란 뉴스를 접하고 내가 잘못된 게 아니구나. 부자로 산다는 것이 명품 백, 외제차, 큰 집, 비싼 옷 이런 것을 소비하는 생활이 부자로 사는 게 아닐 건데 왜 너도나도 명품 쇼핑에 혈안들이 되어 있는지 내 상식으로는 이해가 되지 않습니다. 진짜 부자는 돈도 품위 있게 써야 부자가 아닐까 생각해봅니다.

이제 점진적으로 나도 내 행복지수가 만땅인 소비 생활로 복귀하고 싶습니다. 아내랑 안 싸우고 복귀할 수 있을까 고민됩니다.

실천 방안

소비 기록 작성 : 자신의 소비 패턴을 기록하여 불필요한 지출을 파악하고, 줄일 수 있는 항목을 찾습니다.
예산 설정 : 월별 예산을 설정하고, 예산 내에서 소비를 관리하여 과소비를 방지합니다.
목표 설정 : 소비를 통해 얻고자 하는 행복의 기준을 정하고, 그 기준에 맞는 소비를 계획합니다.
대체 활동 찾기 : 소비를 줄이기 위해 대체할 수 있는 활동(예 : 무료 공원 산책, 도서관 이용)을 찾아봅니다.
소비 전 신중함 : 구매 전 필요성을 다시 한 번 생각해보고, 충동적인 소비를 줄이는 습관을 기릅니다.

돈 쓰는 법

돈을 안 쓰는 사람을 자린고비라고 합니다. 돈을 많이 쓰는 사람이 멋져 보이고, 돈을 펑펑 쓰는 사람 옆에는 늘 사람이 많습니다. 그런데 그런 사람들은 돈을 잘 쓰다가 안 쓰면 멀어져 갑니다. 사람 곁에 사람이 오래 머물러 있으려면 돈 향기뿐만이 아니고 사람 향기가 나야 합니다.

대범한 사람은 돈을 많이 쓰는 사람이나 펑펑 쓰는 사람을 얘기하지 않습니다. 돈을 잘 쓰는 사람은 써야 할 곳과 쓰지 말아야 할 곳을 잘 분별하고 자신의 사치를 위해 돈을 쓰지는 않습니다. 고급차, 좋은 옷, 금은보석으로 행복을 살 수는 없습니다. 행복의 재료는 의외로 단순하고 소박한 곳에 있습니다.

오마하의 현인을 자린고비라고 하는 사람이 얼마나 있을지 모르겠지만, 누적 기부 금액이 약 65조를 넘어섰었습니다. 빌 게이츠도 46조 이상 기부했습니다. 워렌 버핏의 검소한 생활은 익히 알려져 있는 바입니다.

난 돈을 필요 없는 곳에 쓰거나 필요 이상 쓰거나 하는 것에 크게 불편함을 느낍니다. 어찌 되었든 난 작게 소비하는 게 행복합니다. 하늘이 내게 재운을 내려준다면 그것은 내가 돈으로부터 자유로운 영혼이 될 때 나누고 오라는 사명으로 생각합니다.

그 첫 번째 실천으로 주식투자로 수익이 생긴다면 연말정산 때 10%는 기부할 예정이고, 누적 수익금이 늘어날수록 기부금 규모를 올릴 생각입니다. 꼭 실천해서 작은 내 능력이 힘들고 지친 이 시대를 살아가는 누군가에게 물 한 모금 같은 위로가 될 수 있기를 희망해봅니다.

그래서 누가 나를 자린고비라고 얘기하더라도 연연하지 않고 내 길을 꿋꿋이 걸어갈 생각입니다. 돈을 잘 쓴다는 건 필요 없는 곳에 쓰는 걸 줄여서 필요한 곳에 쓰는 걸 얘기하지, 아무 데나 막 쓰는 걸 잘 쓴다고 하지는 않습니다.

실천 방안

필요와 욕구 구분 : 구매 전, 내가 정말 필요한 것인지 아니면 단순히 욕구를 채우기 위한 것인지 생각해본다.

예산 설정 : 월간 예산을 설정하고 그 범위 내에서 소비를 관리한다. 예를 들어, "쇼핑 예산을 월 20만 원으로 설정" 같은 구체적인 목표를 세운다.

기부와 나눔 : 수익의 일정 부분을 기부하거나 도움을 필요로 하는 이웃과 나눈다. 워렌 버핏과 빌 게이츠의 기부처럼.

작은 즐거움 찾기 : 큰돈을 들이지 않고도 행복을 느낄 수 있는 작은 즐거움을 찾는다. 예를 들면, "자연 속에서의 산책"이나 "좋아하는 책 읽기".

소비 일기 작성 : 소비한 내역을 기록하고, 불필요한 지출을 줄이는 데 도움이 된다.

벼락거지

인생을 살다 보면 돈이 쉽게 벌리고 많이 벌어질 때가 있습니다. 그런데 그때가 위험 신호인지를 잘 알지 못합니다.

주변에 오래된 부자와 벼락부자, 오래된 거지와 벼락거지를 살펴보면, 오래된 부자는 돈이 쉽게 벌릴 때 머리를 조아리고 리스크를 미리 관리하고, 이것은 내 노력의 결과가 아닌 운이 가져다준 것임을 알고 겸손한 자세로 자기를 성찰하는 사람입니다. 반면 벼락부자는 자기 능력이 출중하고 운도 자기 편이니 세상 내 맘대로 되지 않을 게 없다고 생각하고 머리를 쳐들고 다닙니다.

오래된 거지는 세상 모든 게 불평불만이고 자기는 운이 없고 주변 사람들은 도둑놈이고 태통령 탓, 환경 탓, 시기 탓과 허황된 꿈을 바라고 살아갑니다. 벼락거지는 대운이 들어서거나 시기와 때가 맞아서 통장 잔고가 많이 늘어나면 우쭐거리고 내가 잘나서 그런 줄 착각하고 지름신이 강림해서 말도 안 되는 소비를 하고도 그것을 당연히 여깁니다.

아마도 앞으로 얼마 동안 벼락부자가 벼락거지가 되어서 여기저기서 곡소리가 들릴 것 같습니다. 이미 예견된 일입니다. 단지 그 자신만 몰랐을 뿐. 그러나 오래된 부자의 자산은 더 늘어날 것입니다. 왜냐하면 벼락부자들이 빚을 자산으로 착각해서 모아두었던 알토란 같은 자산을 반값 이하로 처분해서 빚더미에 들어설 때, 그걸 싼값에 사서 제값까지 오를 때를 기다릴 것이기 때문입니다.

오래된 부자들은 알고 있습니다. 벼락부자들이 빚으로 고급차를 사고 명품 가방을 사고 우쭐거릴 때, 곧 그들의 재산이 반값에 자기의 재산이 될 때가 도래한 것을. 세상은 한 치도 어긋남이 없습니다. 다만 나만 보지 않을 뿐.

잘 지켜보세요. 당신의 지갑을 벌건 대낮에 누군가 훔쳐가고 있습니다.

실천 방안

재정 관리 : 자산이 쉽게 늘어날 때는 더욱 신중하게 재정을 관리하고, 리스크를 점검합니다.

겸손과 성찰 : 돈이 쉽게 벌릴 때는 그것이 운의 결과임을 인지하고, 항상 겸손한 자세로 자신을 성찰합니다.

지출 통제 : 과도한 소비를 자제하고, 꼭 필요한 곳에만 돈을 씁니다.

재투자 : 늘어난 자산은 안정적인 재투자에 사용하여, 자산을 지속적으로 늘려갑니다.

장기 계획 세우기 : 장기적인 재정 계획을 세워, 미래에 대비합니다.

Jang Heejun's Life and World Stories

장희준의 삶과 세상이야기

턴어라운드 3부

내가 사랑한 지혜

왜 공부하는지를 알기 위해 공부한다

'학이시습지(學而時習之)'

배우고 익히다, 알고, 알아서 배운 것을 반복해서 습관으로 만든다는 뜻인데, 논어의 명쾌한 해석과 이 시대를 살아가면서 가져갈 공부하는 이유를 한 마디로 정리해준 다산 선생님께 감사할 따름입니다.

내 고향에 오셔서 사는 동안 한양을 안 돌아보시지는 않았으나, 아들과 주고받은 편지에서 천명에 대한 의지를 밝히고 아들을 오히려 타이르는 답장을 보냈습니다. 왜 공부하는지를 알기 위해 공부한다는….

아마도 짧은 내 생각에는 무지의 지와 소크라테스의 "나는 내가 모른다는 것을 안다"라는 말과 비슷한 부분이 있을 수 있으나, 학이시습지, 배우고 익힌다는 지행합일, 아는 것과 행하는 것이 같아지려면 아는 것을 천 번이고 만 번이고 반복해서 천성에 가까운 습관을 만들라는 뜻이라 생각해봅니다.

오래 전에 그냥 뜻도 모르고 "학이시습지 불역열호아"라는 글을 읽었을 때와는 크게 다른 의미로 다가왔습니다.

세상의 이치를 다 배운다는 건 인간의 짧은 생으로 불가능한 일이니, 항상 세상과 대할 때는 "나는 모른다. 그래서 오늘 배우러 가는 학생이다"라는 마음으로 세상을 살아가는 자세가 필요하지 않을까요?

실천 방안

반복적인 연습 : 새로운 지식을 배우고 익히기 위해 지속적으로 연습하세요.
자기 성찰 : 자신의 부족한 점을 인정하고, 더 많이 배우기 위해 노력하세요.
지행합일 : 아는 것과 행하는 것이 일치하도록, 배운 것을 실천에 옮기세요.
긍정적인 태도 : 항상 배우려는 자세로 세상을 대하세요.
끊임없는 배움 : 세상의 이치를 다 배우는 것은 불가능하지만, 끊임없이 배움을 추구하는 자세를 가지세요.

성공의 순간에 자만하지 않고

물 들어올 때 노 저어라, 바람 불 때 연 날려라. 우리는 큰 대운이 들어오는 것을 이렇게 표현합니다. 그러나 진정한 위기는 물 들어올 때이고 바람이 불 때입니다. 이제 내 때가 왔다고 성공의 깃발을 휘날리고 무소불위의 권력을 휘두르고 재운이 들어와 하는 일마다 술술 풀릴 때, 그때가 제일 큰 위기입니다.
실패 후 재기를 못하고 과거의 영광의 시간 속에서 화려했던 시절의 추억에 먹고사는 사람들의 공통점이 세상의 진리를 외면하고 어디서 잘못됐는지 탐구하는 것을 마다하고 모든 원인을 밖으로 돌림으로써 자기 회피에 급급하다 보니 다시 재기할 기회를 놓치고 과거의 늪에서 빠져나오지를 못합니다. 화무십일홍이요 달도 차면 기웁니다.
그래서 옛말에 궁즉변窮卽變이요 변즉통變卽通이요 통즉구通卽久라고 했습니다. 궁하면 변한다는 말인데, 재물이나 건강이나 지혜나 할 것 없이 그것으로부터 크게 고통을 당할 때 활로를 뚫어내기 위해서 모든 역량을 다 바치면 다음 길이 보입니다. 나도 살펴서 큰 위기와 고통의 시간이 지난 때 한 단계씩 지혜의 눈이 떠졌던 것 같습니다.
통즉구, 통하면 오래간다. 역으로 이야기하면 호시절 때 위기가 올 것을 미리 준비하고 좋은 시절이 항상하지 않다는 걸 알아서 겸손한 마음으로 준비하는 자세가 필요하고, 늘 공부하고 부족한 부분을 살펴서 궁할 때도 나락으로 떨어지지 않도록 하는 지혜가 필요하지는 않을까요?
우리는 성공의 순간에 자만하지 않고, 항상 위기에 대비해야 한다는 점을 배울 수 있습니다. 예를 들어, 사업이 잘 될 때도 미래의 불확실성에 대비해 재정 계획을 철저히 세우고, 새로운 지식을 습득해 부족한 부분을 보완해야 합니다.

실천 방안

자기 성찰 : 성공의 순간에도 자신을 돌아보고, 부족한 부분을 찾는 습관을 기르세요.

위기 대비 : 미래의 위기에 대비해 재정적, 정신적으로 준비하세요.

지속적인 학습 : 성공에 안주하지 않고, 끊임없이 새로운 지식을 습득하세요.

겸손한 태도 : 항상 겸손한 마음으로 자신을 돌아보고, 타인의 의견을 수용하세요.

긍정적인 변화를 추구 : 실패와 위기를 통해 배운 것을 바탕으로 긍정적인 변화를 이루세요.

단순히 이론만을 읽고 따라 하기보다는

배우는 일이 다양하나 시간을 허비하는 배움을 공부로 착각하지 않으려면 지금 본인이 하고 있는 공부를 잘 이해해야 합니다. 주식투자를 조금 하고 있는 내가 읽은 주식 관련 서적과 그 어떤 전설적인 투자자도 만들어내지 못했던 투자를 책 겨우 20권 내외를 읽고 워렌 버핏이나 피터 린치가 되는 양 이론의 호들갑을 떨지 말아야 합니다.

지나간 시간 중 가장 후회되는 공부와 시간 투자를 한 경험이 2003년부터 2년 정도 다단계 회사의 수익 이론에 심취해서 헛세월을 보낸 시간이 가장 뼈아프게 반성되는 시간입니다. 내가 몸 담았던 회사가 지금도 잘 영업하고 있으나, 내가 네트워크 마케팅을 잘 이해하고 있다고 착각했으나 실제로는 주식시장에서 테마주, 작전주를 원칙 없이 따라가는 투자자도 마찬가지 생각을 합니다.

어떤 경우든 내가 하고 있는 공부가 다단계 공부이든 주식 공부이든 자기의 배우고 있는 공부를 잘 관찰해야 합니다. 그래야 필요 없는 인생에서 가장 소중한 시간 낭비와 돈 낭비를 줄일 수 있습니다. 세상일은 미쳐야 미치고 안 미치면 못 미친다는 말처럼 미치지 않으면 기대 이상의 성과를 낼 수 없는 것은 사실이나, 미쳐도 될 만한 가치가 있는 일인지는 잘 따져봐야 합니다.

우리가 흔히 눈에 콩깍지가 씌면 곰보도 보조개로 보인다는 말이 있습니다. 사랑에 빠진 선남선녀를 두고 하는 말입니다. 그런데 시간이 지나서 눈에 콩깍지, 내 아내 표현을 빌리자면 찌짐이가 떨어져도 사랑이 계속되기 위해서는 곰보인지 보조개인지 구분할 줄 알아야 합니다. 나이트클럽 조명발 미인의 화려한 의상과 뇌쇄적인 미소에 속지 않으려면 조명이 없는 밝은 태양 아래서 차근차근 살펴보아야 합니다.

다단계 사업 했던 기억을 바탕으로 주식투자를 하면서도 늘 손실에 대한 마음의 준비를 하고, 내가 선택한 회사와 업종의 흐름과 거시경제 공부, 환율, 채권, 인플레이션, 통화정책, 금리, 부동산시장, 기술적 분석, 기본적 분석, 가치투자, 추세투자, 퀀트투자 등 다양한 투자 기법들을 배우고, 마지막으로 풍부한 독서량을 통해 마음 공부를 병행할 때 재산과 시간의 손실이 발생한 시간 동안 견뎌내고 수익을 창출할 수 있습니다.
작년 한 해 최악의 경우 마이너스 40% 가까이 갔던 계좌가 거의 회복되어 가는 과정을 보면서 초보 투자자인 내가 해야 될 공부를 명확히 알 수 있는 시간이 됐습니다.
우리는 특정 분야에 심취해서 무작정 공부하기보다는, 그 공부가 정말로 가치 있는 것인지 잘 판단해야 한다는 것을 배울 수 있습니다. 예를 들어, 주식 투자에 있어서도 단순히 이론만을 읽고 따라 하기보다는 실제 경험을 바탕으로 다양한 상황에서의 대응 방법을 익히는 것이 중요합니다.

실천 방안

목적 명확히 하기 : 공부의 목적을 명확히 하고, 그 목적에 맞는 공부를 하세요.
현실적인 판단 : 자신이 하고 있는 공부가 현실적으로 가치가 있는지 평가하세요.
다양한 시각 : 한 가지 분야에만 매몰되지 말고, 다양한 분야의 지식을 접하세요.
실제 경험 : 이론만이 아니라, 실제 경험을 통해 배운 것을 적용해 보세요.
지속적인 반성 : 과거의 실패와 성공을 반성하며, 앞으로의 공부 방법을 개선하세요.

삶의 다양한 분야에서 스승을 찾아

스승은 가르쳐주는 사람, 즉 배움을 주는 사람을 뜻합니다. 스승은 여러 가지 방편으로 다가옵니다. 어떤 분야이든 나보다 더 많이 아는 사람은 스승입니다. 그런데 나보다 모르는 사람이 스승이 되는 경우는 내 공부를 점검할 때입니다. 어떤 걸 배우든 배움이란 스승이 있기 마련입니다. 그러나 그 모든 배움도 본인의 배우고자 하는 의지와 열정이 있어야 출발됩니다. 의지와 열정이 에너지인 셈입니다.

좋은 스승이란 잘 정비된 네비게이션처럼 목적지를 향해 길 안내를 잘하는 스승일 거라 생각됩니다. 최고의 스승은 네비게이션에서 생기는 오류, 지름길, 속도, 안전 마진, 소요 시간, 핵심 경로, 대안 경로 등을 두루 잘 알고 있는 스승을 이야기합니다. 어떤 일을 배우든 그 업계의 최고의 스승을 찾아가거나 가까이 없는 분이라면 책이나 강의해놓은 유튜브 영상을 통해 끊임없이 소통해야 합니다.

모든 분야는 그 분야의 초고수가 있기 마련입니다. 배워야 될 일을 쉽게 보지 마세요. 당도가 우수한 과일을 고르는 일이 쉽다고 생각하는가요? 싱싱하고 질 좋은 야채를 고르는 일 또한 마찬가지입니다. 아들의 두 번째 직업 창업 준비를 도와주면서 내가 모르는 분야의 스승을 찾는 일에 집중하고 있습니다. 야채 청과를 잘 가르칠 스승. 어느 분야건 배움의 자세와 좋은 스승이 인연이 됐을 때 최상의 결과가 나옵니다.

좋은 스승을 만났다면 의심하지 말고 배워야 합니다. 스승의 생각과 판단을 내 생각과 판단이 뛰어넘을 때까지는 숨죽이고 배워야 합니다. 배움은 수용이지 투쟁이 아니라는 점을 명심하세요. 최고의 스승을 만나고도 배우지 못하는 건 자기의 짧은 알음알이로 투쟁하기 때문입니다. 배우려거든 나를 내려놓고 스승의 생각을 수용하는 것부터 시작해야 합니다. 배움만이 창업의 실패로부터 자유로워질 수 있는 유일한 길입니다.
우리는 삶의 다양한 분야에서 스승을 찾아 그들의 지혜를 받아들이는 것이 중요하다는 것을 배울 수 있습니다. 예를 들어, 창업을 준비하는 과정에서도 전문가의 조언을 구하고, 그들의 경험을 통해 배우는 것이 필요합니다.

실천 방안

스승 찾기 : 배워야 할 분야에서 최고의 스승을 찾아내고 그들의 지도를 받으세요.
지속적인 학습 : 책, 강의, 유튜브 등을 통해 꾸준히 학습하고, 새로운 지식을 받아들이세요.
겸손한 자세 : 자신의 판단을 내려놓고, 스승의 생각을 받아들이는 겸손한 자세를 가지세요.
실제 적용 : 배운 것을 실제로 적용해 보고, 경험을 통해 더욱 깊이 이해하세요.
의지와 열정 : 배우고자 하는 강한 의지와 열정을 가지고, 꾸준히 노력하세요.

상황에 맞는 현명한 판단

바른 판단은 타인의 동의가 많은 것을 의미하지 않습니다.

바르고 현명한 판단은 꼭 다수의 의견과 부합할 필요는 없습니다. 산다는 건 끊임없는 결정의 연속입니다. 바른 결정과 현명한 판단을 할 때 치명적 오류를 범하는 일들이 자주 일어납니다. 왜일까요? 그것은 관습과 관행이 현명한 판단의 큰 장애가 되기 때문입니다.
그러나 모든 상황은 그전에 일어났던 일과 똑같은 경우는 드물고, 시간에 따라 시시각각 해결 방법이 진화하고 달라지는데 내 생각만 오래된 관행과 관습에 사로잡혀 있다면 현명한 판단의 장애 요인이 됩니다.

어떤 일이든 판단해야 될 모든 일을 분리해서 일 자체만 보는 습관을 가져야 그 일에 적합한 해결점을 찾을 수 있습니다.

우리는 일상 속에서 의사 결정을 할 때, 다수의 의견에 휘둘리지 않고, 상황에 맞는 현명한 판단을 내리는 것이 중요하다는 것을 배울 수 있습니다. 예를 들어, 회사에서 중요한 프로젝트를 진행할 때, 팀의 의견을 무조건 따르기보다는, 현재 상황과 목표에 맞는 최선의 방법을 찾는 것이 필요합니다.

실천 방안

독립적인 사고 : 타인의 의견에 휘둘리지 않고, 자신만의 판단 기준을 세우세요.
상황 분석 : 매 상황마다 고유한 특성을 파악하고, 그에 맞는 해결책을 찾아보세요.
유연한 사고 : 오래된 관행이나 관습에 얽매이지 않고, 새로운 방법을 받아들이세요.
객관적 시각 : 문제를 객관적으로 분석하고, 일 자체에 집중하는 습관을 기르세요.
지속적인 학습 : 변화하는 상황에 맞추어 지속적으로 배우고, 자신의 판단력을 향상시키세요.

책을 읽어야 하는 이유

가끔 받는 질문은 "책을 읽으면 옷이 나오냐, 밥이 나오냐, 돈이 나오냐" 이런 말을 하는 사람들이 있고, 교육 무용론, 공부가 전부가 아니다라며 공부 자체를 폄하하는 사람이 있습니다. 그런데 책을 읽고 자기를 밝혀야 하는 이유가 꼭 돈이나 옷이나 명예가 따라와서라기보다, 아픈 곳을 알고 병들어 있는 줄 알면 치료를 해야 하는 것처럼 내 무명을 밝혀서 그 무지로 오는 공포에 당당하기 위함은 아닐런지.
사람 살이 중 큰 공포는 대부분 무지로부터 옵니다. 그 무지를 밝힐 횃불이 책입니다. 그 속에 공포를 벗어나는 법, 가난을 극복하는 법, 평안과 행복으로 가는 법, 다툼을 줄이고 서로 사랑하는 법 등 잘 살고 가야 될 인생 여정에 네비게이션 같은 것입니다. 늘 새로운 길이 생겨나니 배움은 죽는 날까지 함께 가야 될 친구와 같습니다.
우리는 책을 읽고 공부하는 이유가 단순히 물질적인 이익을 얻기 위해서가 아니라, 무지로부터 오는 공포를 극복하고 더 나은 삶을 살기 위해서라는 점을 깨달을 수 있습니다. 예를 들어, 경제학 책을 읽으면 가난을 극복하는 방법을 배우게 되고, 심리학 책을 읽으면 마음의 평안을 얻는 방법을 알게 됩니다.

실천 방안

지속적인 독서 : 다양한 분야의 책을 읽고, 새로운 지식을 습득하세요.
비판적 사고 : 배운 지식을 비판적으로 분석하고, 자신의 삶에 적용해 보세요.
자기 성찰 : 책을 통해 얻은 지식을 바탕으로 자신을 돌아보고, 부족한 점을 개선하세요.
평생 학습 : 배움은 죽는 날까지 계속되어야 하는 친구처럼 여겨야 합니다.
긍정적인 태도 : 새로운 지식을 받아들이고, 무지로부터 오는 공포를 극복하려는 긍정적인 태도를 가지세요.

아들에게도 배워라

배운다는 것이 어떨 때는 무겁고, 어떨 때는 가볍고, 인생 최고의 스승은 스스로 가르쳐보라는 말이 있습니다. 새로운 것을 익히고 배우는 일도 중요하겠지만, 지나간 일을 통해 무언가 배울 때는 자식만한 스승도 없을 것입니다.
요즘 나는 큰아들을 통해 너무나 많은 걸 배우고, 때로는 내 아들이지만 존경심이 나올 때도 있습니다. 요새 나이로는 이른 나이에 아들 2명과 며느리까지 생계와 미래를 책임져야 하는 가장이 됐으니 나에게는 손자가 둘 생긴 셈입니다. 군 제대 후 부동산 사무실 실장으로 그럭저럭 잘하는 편이어서 호구지책은 좋으나, 요즘 부동산 경기가 그야말로 엉망진창이다 보니 다른 생계수단을 강구해야 하는 시기가 돼서 아들과 거의 매일 통화하거나 대화를 나눕니다.
나는 아들 둘, 딸 하나를 뒀으니 다복한 아빠고, 유명 대학 나와서 판검사, 의사 아들딸은 아니더라도 나는 지금 있는 그대로의 내 아들딸을 너무도 사랑합니다. 육아를 14개월 터울 두 아들을 키운다는 게 쉬운 게 아니라는 걸 누구보다 잘 알고 있기에 심히 걱정했던 것도 사실이나, 내가 젊은 시절 애들 키울 때를 회상해 보면 나보다 열 배는 나은 아들을 보면서 경이롭기까지 합니다.
그리고 며느리와 늘 깊은 사랑으로 가정을 만들어가는 걸 보고 있으면 내가 어떤 걸 조금이나마 도와줘야 할지를 가늠해 볼 수 있게 됐습니다. 요즘은 아들 두 번째 직업이 될 창업 아이템에 관해서 서로의 생각을 시시각각으로 논의하고 의견을 교환하는 일을 자주하는 편입니다.
내가 주문한 건 최소 창업에 관한 책을 10권 이상 읽으라는 것이었고, 충실히 이행해 가는 것 같아서 내가 오히려 동기부여가 되고 있습니다. 최근에 나도 2권을 읽고 아들에게 주고 한 권 받아왔습니다. 이렇게 아들과 올해 연말경 창업을 목표로 공부하고 배워가는 과정에서 가장 큰 배움을 가져가는 건 내가 아닐까 합니다. 내가 보지 못한 시각에서 시장을 해석하는 아들로 인해 매일매일이 배움의 연속입니다.
우리는 자식들로부터도 배울 것이 많다는 것을 깨달을 수 있습니다. 특히 부모와 자식이 서로의 생각을 공유하고 함께 성장해 나가는 과정은 큰 배움의 기회가 될 수 있습니다. 예를 들어, 부모가 자식의 새로운 시각을 받아들이고 그로부터 배우며, 자식이 부모의 경험을 통해 배워나가는 과정은 양쪽 모두에게 유익합니다.

실천 방안

열린 대화 : 자식들과 열린 마음으로 대화하고, 서로의 생각을 자유롭게 공유하세요.
서로 배우기 : 부모와 자식이 서로의 경험과 지식을 통해 배우는 자세를 가지세요.
공동 목표 설정 : 가족 구성원들과 함께 목표를 설정하고, 그 목표를 향해 함께 나아가세요.
동기 부여 : 자식들에게 동기 부여를 주고, 그들의 성장을 지켜봐 주세요.
긍정적인 태도 : 서로의 성장을 격려하고, 긍정적인 태도로 지지해 주세요.

배웠으면 실천하라

공부란 매일 보는 유리나 세상을 보는 내 눈을 닦는 일입니다. 부자이면서 겸손하고 예의가 바르고 친절한 사람이 드문 이유는 매일 유리를 닦지 않으면 자동차 유리도 앞이 자꾸 흐릿해지는 것과 같습니다. 재물이란 놈이 그 유리에 쌓인 먼지를 보지 못하게 가리고 잘 보인다고 착시현상이 일어나는 유리 코팅제 같아서 깨끗하다고 내 눈에 보이더라도 그 유리를 시시때때로 닦아야 때가 끼지 않음과 같습니다.
공부란 새로운 지식을 배우는 것도 중요하지만 이미 알고 있는 것을 반복적으로 실천해서 장아찌에 간장이 배어들듯 하면 어느 순간에 마늘의 매운맛이 사라지는 것과 같습니다. 그리고 재물이 없는 가난한 삶이라도 스스로 즐거울 수 있는 경지와 빈곤하다는 생각이 없고 가난으로부터 자유로울 수 있는 영혼의 맑음도 마음의 유리를 매일 닦는 일에서 생겨나리라 생각합니다.
우리는 일상 속에서 꾸준히 공부하고 반복적으로 실천하는 것이 중요하다는 점을 배울 수 있습니다. 예를 들어, 이미 알고 있는 지식도 반복해서 익히고, 실천을 통해 자신에게 체화시키는 것이 필요합니다.

실천 방안

꾸준한 학습 : 새로운 지식을 배우는 것과 동시에, 이미 알고 있는 지식을 반복해서 익히세요.

일상 속 실천 : 학습한 내용을 일상생활에 적용하고, 실천을 통해 체화하세요.

긍정적인 마음 : 가난하거나 어려운 상황에서도 긍정적인 마음을 유지하고, 마음의 평안을 찾으세요.

영혼의 맑음 : 마음의 유리를 매일 닦는 것처럼, 정신적으로도 맑고 깨끗한 상태를 유지하세요.

지속적인 반성 : 자신의 삶과 학습 과정을 돌아보고, 부족한 점을 개선해 나가세요.

실패를 줄여가는 공부가 선행되어야

배운다는 건 새로운 것을 익히는 일일 수도 있지만, 대부분의 배움은 어제 하던 일을 오늘 조금 더 발전시키는 것이라고 볼 수 있습니다. 여기서 배움이 꼭 돈을 벌기 위한 수단으로 배우는 것이 아닌, 자기를 밝히는 배움도 게을리하지 말아야 합니다.

밖으로 돈을 버는 방법을 배운다는 것 또한 지극한 정성이 필요합니다. 창업이 실패로 돌아가는 가장 큰 이유가 공부하지 않은 자세에서 비롯됩니다. 아무리 작은 창업이라고 할지라도 관련 창업에 대한 명확한 지식과 준비가 필요하니, 나는 최소한 관련 서적 10권 이상 읽어보기를 추천합니다. 아무리 허접한 책이라도 한 가지씩은 배울 게 있습니다. 창업 업종 선정과 상권 분석에 관한 책 4권, 업종 선택이 됐다면 그 업종 성공 노하우에 관한 책 4권, 그리고 재무 관리 및 성공한 후 유지에 관한 방법과 그 업종을 유지하고 변경하거나 확장시켜 나가는 방법에 관한 책 4권…

"배우면서 하면 되지"라는 생각과 "현장에 답이 있는데"라는 생각으로 창업하는 건 자기 돈을 싸 짊어지고 냉혹한 시장에 내다 버리는 결과로 귀결될 확률이 높습니다. 철저한 분석과 분석한 대로 실천하는 부지런함만이 당신의 성공을 보장할 수 있다는 걸 명심하세요.

그리고 진정한 배움이란 과유불급이니, 초대박의 꿈보다는 실패 확률을 줄여가는 공부가 선행되어야 합니다. 성공하기 위해서는 창업에 대한 실패담을 써 놓은 책이나, 책이 없다면 "어떻게 하면 실패하는가"라는 시나리오를 써두고 그 실패 요인을 제거해 나가는 일도 큰 배움입니다. 성공을 위해 실패를 깊게 배우는 자세, 실패에 대한 깊은 이해가 선행되어야 성공의 길이 보입니다.

창업을 준비할 때 철저한 공부와 분석이 얼마나 중요한지를 배울 수 있습니다.

예를 들어, 음식점을 창업하려 한다면, 해당 업종의 성공 사례와 실패 사례를 모두 공부하고, 상권 분석과 재무 관리에 대한 충분한 이해를 가지고 시작하는 것이 필요합니다.

실천 방안

관련 서적 읽기 : 창업에 관한 책을 최소한 10권 이상 읽고, 업계의 지식을 쌓으세요.
철저한 분석 : 창업 업종 선정과 상권 분석을 철저히 하고, 그 결과를 바탕으로 창업 계획을 세우세요.
실패 요인 제거 : 실패 사례를 공부하고, 그 요인을 제거하기 위한 대책을 마련하세요.
지속적인 학습 : 창업 후에도 지속적으로 공부하고, 새로운 지식을 습득하세요.
실천과 검토 : 배운 것을 실제로 실천하고, 그 결과를 계속해서 검토하고 개선하세요.

일신우일신(日新又日新), 공부하는 당신을 응원합니다.

지식을 쌓는 것에 그치지 않고

학이불사즉망學而不思則罔, 사이불학즉태思而不學則殆(논어 위정편)
배우고 생각하지 않으면 속임을 당하기 쉽고, 생각만 하고 배우지 않으면 위태로워진다.
학문이 공자님 사셨을 때와 같은 것과 다른 것은 무엇일까 생각해봅니다. 내가 매일 하는 직업도 배움이 필요합니다. 요즘은 학문이 세분화되고 전문화되어서 과거 논어에서 이야기하는 학문과는 많이 다양해졌고, 학문이란 배움의 문이니 어렵게 생각하기보다는 책에 있는 내용이든 없는 내용이든 배움은 학문이 됩니다.
생업을 위해 바리스타 자격증, 컴퓨터 프로그래머, 필라테스 자격증, 수영 강사, 의사 면허증, 변호사 자격증, 공무원 시험이나 그 외 취업 기초 소양이나 모든 행위가 학문입니다.
학문에서 학은 내가 하고자 하는 일에 진정한 고수들의 책을 읽거나 강연을 가거나 하므로 해서 얻어지는 지식을 통해 문을 열고 들어가는 걸 학문으로 생각한다면, 학문은 들어가는 데까지입니다.
여기서 말한 배우고 생각한다는 것은 꼭 궁극이나 효와 충, 의와 불의 등 거창한 것이 아니라 지금 자기가 하고자 하는 일에 대한 통찰이니, 빵 굽는 일, 나처럼 장사하는 일, 직장 생활, 정치인, 종교인의 생활 등 모든 생활에서 배우고 생각하고, 생각하고 배우고를 반복하다 보면 소위 그 분야의 쟁이, 즉 전문가가 되는 건 아닐까 합니다.
그러나 많은 학은 내 생각이 맞다라는 걸 내려놓고 스승의 것을 받아들이는 과정이니, 배움의 문을 여는 열쇠는 겸손입니다.
명품 MC 유재석이나 명품 배우 송강호처럼 쟁이의 경지로 가는 날까지 각자의 위치에서 매진해 봅시다.

우리는 학문이 단순히 지식을 쌓는 것에 그치지 않고, 그 지식을 통해 자신의 일을 더 잘하게 만드는 과정이라는 것을 배울 수 있습니다. 예를 들어, 커피 바리스타가 되기 위해서는 단순히 자격증을 따는 것에 그치지 않고, 매일 커피를 내리는 기술을 연습하고, 고객의 반응을 관찰하며 계속 발전해 나가야 합니다.

실천 방안

지속적인 학습 : 자신이 하고자 하는 일에 대한 지식을 계속해서 쌓아 나가세요.

반복적인 실천 : 배운 지식을 실제로 적용하고, 반복해서 연습하세요.

겸손한 태도 : 자신의 생각을 고집하지 말고, 스승의 가르침을 겸손하게 받아들이세요.

새로운 지식 탐색 : 다양한 분야의 지식을 탐색하고, 자신의 시야를 넓히세요.

전문가 되기 : 자신의 분야에서 명품처럼 인정받기 위해 끊임없이 노력하세요.

배움에 방해가 되는 것은

진정한 배움에 방해가 되는 것은 그동안 배운 지식입니다.
인간이 태어나서 학습 능력이 가장 뛰어난 시기, 즉 배움의 능력이 뛰어난 시기는 생후 약 4년 정도라고 합니다. 그 이유는 :
타인과 비교하지 않고,
실패해도 쪽팔린지 모르며,
타인을 의식하지 않기 때문입니다.
아기가 걸음마를 배울 때 넘어지는 것을 쪽팔린다고 생각한다면 아마도 걷지 못할 것입니다. 아기들은 수천 번 넘어져도 걷는 것에만 집중합니다. 말을 배울 때도 간단한 단어부터 쉬지 않고 반복합니다. 그리고 남을 의식하지 않습니다.
배움이란 내 옳음을 확인하는 게 아니라 내 무지를 깨우치는 행위입니다. 그러나 대부분 배운다고 하면서 그동안 살면서 가진 알음알이로 지식이 배움에 큰 장애가 되는지 모릅니다.
배움은 그것이 어떤 것이든 빈 도화지에 그리는 그림입니다. 배움에 있어 타인을 의식하거나 쪽팔린다는 생각은 진정한 배움을 방해합니다. 타인은 내 실수에 대해 관심이 그다지 없습니다. 아이들의 순수 의식으로 배우는 자세에 임한다면 세상에 공부가 훨씬 쉬워질 것입니다.
명심하세요. 진정한 배움에 방해가 되는 건 알음알이입니다.
이 글에서 예시를 들자면, 아기들이 걸음마를 배울 때나 말을 배울 때 타인을 의식하지 않고, 실패를 두려워하지 않는다는 점을 통해 진정한 배움의 자세를 배울 수 있습니다.

실천 방안

타인을 의식하지 않기 : 다른 사람의 시선을 신경 쓰지 않고, 자신의 배움에 집중하세요.
실패를 두려워하지 않기 : 실패를 두려워하지 말고, 계속해서 도전하고 배우세요.
순수한 마음으로 배우기 : 아이들의 순수한 마음으로 새로운 지식을 받아들이세요.
빈 도화지에 그리기 : 배움을 새로운 시작으로 여기고, 빈 도화지에 그림을 그리듯이 임하세요.
기존 지식 내려놓기 : 기존의 지식이 배움에 방해가 되지 않도록, 열린 마음으로 학습하세요.

교언영색 선의인(巧言令色 鮮矣仁)

말이 현란하고 교묘하며 얼굴 표정이 가식으로 가득 찬 사람 중에 어진 사람이 드뭅니다. 말이 생겨난 것은 내 의식의 세계를 상대에게 전달하고자 하는 목적으로 생겨났는데, 시간이 지남에 따라 말을 사용하는 사람마다 그 말을 쓰는 목적이 달라져서 상대를 현혹해서 이익을 얻고자 하는 수단으로 사용하는 사람 중에 서비스업이나 내 직업처럼 상업에 종사하는 사람이 자기 직업에 충실하기 위해 하는 말이 아닌 무수히 사실이 아닌 말을 만들어 내는 사람이 함께 살아가고 있는 요즘 세상에서는 상대의 말이 진짜인지 아닌지 구별하는 일도 중요한 일이 되어버린 현실 속에서 내 말이 상대에게 잘 전해지는 가장 좋은 방법은 그 말의 스킬이나 언어적 유희가 아니라 진실에 얼마나 가까이 있는가입니다.

유통업하는 내 직업 특성상 이익률에 대해서 구체적으로 얼마 남는다는 것을 알기를 바라는 거래처는 많지 않습니다. 대신 상품의 적정 가격, 배송 날짜 등에 대한 말에 대한 신뢰를 더 중요하게 여깁니다. 말은 그 사람의 지난 시간과 지금의 시간이 배어나오는 음악과 같습니다. 듣는 이의 귀에 아름다운 말도 중요하지만, 마음이 따뜻해지는 위로와 진실한 격려와 칭찬의 말이야말로 현대를 살아가는 이들의 말의 길이 아닌가 합니다.

실천 방안

진실성 있는 소통 : 거래처와의 대화에서 과장된 표현보다는 진실되고 투명한 정보를 제공하여 신뢰를 쌓습니다.
서비스업에서의 정직함 : 고객에게 제품의 장단점을 솔직하게 설명하고, 신뢰를 바탕으로 관계를 형성합니다.
자기 성찰 : 자신의 말과 행동을 돌아보며, 진실에 얼마나 가까운지를 점검하는 시간을 가지세요.
진실된 격려와 칭찬 : 격려와 칭찬을 할 때도 진심으로 느끼는 부분을 구체적으로 표현하여 상대방에게 진실한 감정을 전달합니다.
신뢰 구축 : 거래처나 고객과의 장기적인 신뢰 관계를 구축하기 위해 정직하고 투명하게 의사소통합니다.

이렇게 다양한 방안을 통해 진실되고 신뢰받는 커뮤니케이션을 구축하시길 바랍니다. 추가적으로 궁금한 점이 있으시면 언제든지 알려주세요.

위대함이란 조금씩 쌓여 천천히 이루어진다

논어 학이 편에 날마다 세 가지를 반성한다고 했습니다(吾日三省吾身). 첫째가 남을 위해 일을 도모하면서 충실하지 못한 점이 없는가(爲人謀而不忠乎), 벗과 사귀면서 신의를 저버린 일이 없는가(與朋友交而不信乎), 배운 것을 제대로 익히지 못한 것은 없는가(傳不習).

이 이야기는 그 옛날 성현들도 매일 돌아보면 후회할 일들이 있었다는 이야기입니다. 하물며 우리 같은 범부중생이야 말해서 뭘 하겠습니까? 누구나 지난 과거에 대해 후회가 남지 않은 사람이 있겠습니까? 나 또한 그런 후회스러운 과거가 많이 있습니다.

그러나 그 후회를 반면교사 삼아서 오늘을 어제보다 세 가지를 반성하고 스스로를 돌아보는 지혜와, 다른 사람이 한 번 하는 걸 열 번 하고 열 번 하는 걸 백 번 천 번 할 수 있는 끈기와, 오늘 할 수 있는 일을 내일로 미루지 말고 아침에 할 수 있는 일을 저녁으로 미루지 말자.

위대함이란 처음부터 타고난 것도 남다른 것도 아닙니다. 매일매일 쌓아가다 보면 생겨나는 것이니, 매일 조용히 앉아서 자기의 하루를 복기하는 시간을 가져보자. 비범한 결과는 지루함을 견디고 즐기는 대가로 따라옵니다.

실천 방안

매일의 반성 : 하루를 마무리할 때마다 오늘 했던 일을 돌아보고, 부족한 점을 반성합니다.
작은 목표 설정 : 매일 작은 목표를 세우고, 이를 성취함으로써 성취감을 느끼고 동기부여를 받습니다.
꾸준한 노력 : 꾸준한 노력이 큰 변화를 이끈다는 것을 명심하고, 하루하루의 작은 노력을 쌓아갑니다.
끈기와 인내 : 어려움이 닥쳐도 포기하지 않고 끈기 있게 도전합니다.
일상의 루틴 : 규칙적인 생활 습관을 만들어 매일 일정한 시간에 자기 반성의 시간을 가집니다.

이러한 방법들을 통해 위대함을 조금씩 쌓아가며, 매일을 더 나은 하루로 만들어 가시길 바랍니다.

함께 가는 발걸음의 속도를 내 페이스대로

내가 선택할 수 없었던 것에 대해서 에너지를 낭비하지 마세요. 그리고 지금 내가 선택할 수 없는 것과 미래에는 내가 선택할 수 없는 것들에 대해서는 에너지를 낭비하지 말아야 합니다. 사람이라면 누구나 좋은 가정환경과 멋진 외모, 많은 유산을 물려받은 금수저를 부러워하기 나름이나 그것은 내가 선택할 수 없는 것들입니다. 그것들로 인해 인생을 낭비하지 마세요. 배움이란 내 의지와 관계없이 변화하는 외부 환경을 바꾸고자 하는 게 아닙니다. 그 변화하는 환경에 순응하여 함께 가는 발걸음의 속도를 내 페이스대로 조정하는 것입니다. 옆 사람 걷는 속도를 무시하고 걸으세요. 그래야 소유할 것과 하지 말 것, 욕심을 부려야 할 일과 아닌 일이 구분됩니다. 당신이 태어나서 자란 환경은 당신의 선택이 아니었습니다. 하지만 많은 사람들은 여전히 자신의 환경에 대해 불평하고, 더 나은 환경에서 태어났더라면 하는 후회를 하곤 합니다. 이것은 에너지 낭비입니다. 이미 지난 일이며, 바꿀 수 없는 과거에 대한 후회는 현재와 미래를 더욱 어둡게 만들 뿐입니다. 또 다른 예로는, 당신이 현재 어떤 외모를 가지고 태어났는지도 당신의 선택이 아니었습니다. 많은 사람들은 자신이 더 아름답거나 더 매력적으로 태어났다면 인생이 더 쉬웠을 것이라고 생각합니다. 하지만 이것 또한 바꿀 수 없는 사실입니다. 중요한 것은 당신이 현재 가지고 있는 것을 최대한 활용하는 것입니다. 미래에 대한 예시로는, 우리가 앞으로 어떤 일들이 벌어질지에 대해서는 완전히 통제할 수 없습니다. 경제 상황이 악화되거나 자연 재해가 발생할 수도 있고, 이것은 우리의 선택이 아닙니다. 대신, 우리는 이러한 상황에 어떻게 대응할 것인지, 어떻게 대처할 것인지를 선택할 수 있습니다.

따라서, 우리는 선택할 수 없는 것들에 대해 에너지를 낭비하지 말고, 우리가 통제할 수 있는 것들에 집중해야 합니다. 이것이 진정한 배움이며, 우리가 성장하는 길입니다. 옆 사람의 속도를 따라잡으려 하지 말고, 자신의 페이스대로 나아가세요. 그러면 무엇을 소유해야 하고, 무엇을 하지 말아야 할지, 어디에 욕심을 부려야 할지를 명확히 알게 될 것입니다.

실천 방안

수용 훈련 : 현재 상황을 있는 그대로 받아들이고, 선택할 수 없는 것에 에너지를 낭비하지 않도록 훈련합니다.
목표 설정 : 선택할 수 있는 부분에 집중하여 실현 가능한 목표를 설정하고, 이를 이루기 위한 계획을 세웁니다.
긍정적 마인드셋 : 부정적인 요소들보다 긍정적인 면에 집중하여, 긍정적 마인드셋을 유지합니다.
자기 페이스 유지 : 남의 속도를 신경쓰지 말고, 자신의 페이스대로 목표를 향해 나아갑니다.
욕심 조절 : 필요 이상의 욕심을 부리지 않고, 현실에 맞는 욕구를 조절합니다.

마인드셋(mindset)은 한 명 이상의 사람이나 집단의 추정, 방법, 의견 등을 말한다. 마인드셋은 매우 견고하게 조직되기에, 사람들 혹은 집단 내에서 이전의 행동, 선택, 도구를 계속해서 채용하거나 수용하도록 하는 강력한 보상(incentive)을 만들어낸다. 이러한 것을 정신적 타성(mental inertia) 혹은 집단사고(groupthink)라고도 한다.

다산의 마지막 질문인 불천노와 불이과

다산의 마지막 질문인 불천노와 불이과는 논어에 나오는 배움의 진정한 의미를 한 단어로 축약한 명언입니다. 공자님께서 배우는 이유에 대해 확실하게 말씀해 주신 것입니다.

불천노(不遷怒)

다른 사람에게서 생긴 노여움으로 화가 일어났다면 그 화를 또 다른 사람에게로 옮기지 마라. 참 쉬울 것 같지만 쉽지 않은 일이죠? 예를 들어, 직장에서 상사에게 욕을 먹고 집에서 화풀이를 하거나, 거래처와 다투고 나서 직원에게 화를 내거나, 부부싸움 후에 자식들에게 분풀이를 하는 경우가 많습니다. 불천노는 배우는 이유가 그 화를 다른 사람에게 전이시키지 않기 위해서라는 것을 알려줍니다.

불이과(不貳過)

잘못을 고치는 데 망설이지 않는 자세를 갖기 위해 배운다는 의미입니다. 나이가 들어도 자신의 잘못을 알지 못하는 사람들이 많습니다. 어제 거래하는 바이어와 언쟁이 있었는데, 나중에 주고받은 내용을 보니 내가 잘못 인지해서 생긴 오해임을 알게 되었습니다. 그 순간 바로 사과하고 잘못을 시인하며 용서를 구하는 답글을 보냈습니다. 실수나 잘못은 누구나 할 수 있지만, 그것을 고치고자 하는 생각이 없거나 실수나 잘못을 인정하지 않는 자세는 스스로 무덤을 파는 행위입니다.

불이과는 잘못을 인정하고 바로 고치려는 자세를 말합니다. 그것이 진정한 배움의 자세입니다.

실천 방안

자기 성찰 : 자신의 감정과 행동을 자주 성찰하세요. 화가 나는 상황에서 다른 사람에게 전이하지 않도록 주의합니다. 자기 성찰을 통해 감정 조절 능력을 키웁니다.
용서와 이해 : 다른 사람의 실수를 용서하고 이해하는 자세를 가지세요. 이를 통해 자신의 실수도 인정하고 고치려는 태도를 배울 수 있습니다.
꾸준한 배움 : 자신의 잘못을 고치고 개선하기 위해 지속적으로 배우세요. 책을 읽거나, 강연을 듣거나, 전문가의 조언을 받아들이며 자기 발전을 도모합니다.
감정 관리 : 화가 날 때 감정을 잘 관리하는 연습을 하세요. 깊게 호흡하거나, 잠시 자리를 떠나 감정을 가라앉히는 방법을 사용합니다.
대화와 소통 : 다른 사람과의 대화와 소통을 통해 오해를 풀고, 갈등을 해결하세요. 솔직한 대화가 문제를 해결하는 데 큰 도움이 됩니다.
긍정적인 태도 유지 : 긍정적인 태도를 유지하고, 잘못을 인정하고 고치려는 자세를 가지세요. 긍정적인 태도는 배움을 더욱 효과적으로 만듭니다.

매일매일 조금씩 이루어가는

전쟁을 잘하는 장수는 혁혁한 공이 없다는 말이 손자병법에 있습니다. 세상을 한탕으로 인생 역전시키는 로또복권을 여러 번 반복해서 맞기란 어렵습니다. 사람 사는 것도 큰돈이 들어오는 대운이 중요한 게 아니고 상황이 어려울 때를 견뎌내는 내공, 매일매일 조금씩 이루어가는 표시 나지 않은 일상들이 모여서 시간 속에서 하나씩 만들어져 가는 것입니다.

작은 일상이 무너지고 스스로 세운 작은 실천 의지를 완성하지 못하면서 큰일만 잘된다는 보장이 없습니다. 속도와 안전은 공존이 어렵듯 진정 승리하는 장수의 길은 뉴스에 떠들고 사람들 입에 오르내릴 만큼 유명하지 않더라도 담담하고 느린 걸음으로 쉼 없이 가는 곳마다 표시 나지 않은 작은 승리가 모여 큰 물줄기를 바꿉니다.

잊지 말아야 할 것은 대양으로 흐르는 큰물 모두가 한 방울로 시작됐고, 앞서거나 뒤따르거나 하는 게 아닌 가다가 큰 바위를 만나면 쉬어가고 굽이진 계곡은 돌아가면서 흐르고 흘러 대양에 다다를 수 있었듯. 승리하는 인생은 화려하지도 요란하지도 않습니다. 진정 승리하는 장수는 혁혁한 공을 바라지도 않고 세우려 애쓰지도 않습니다.

별은 밤과 함께, 무지개는 비와 함께 옵니다. 찬란한 야경도 밤에만 볼 수 있고, 아름다운 밤하늘의 별도 어둠이 있어야 빛을 발합니다.

고단한 인생길을 걷거나 고통스러운 일들이 자주 생기면 어떻게 이 난관을 벗어나야 하나 하고 생각하고 궁리하게 됩니다. 최근 몇 개월 나에게도 살얼음위를 걷는 것 같은 심정으로 하루하루가 지나가는 일이 있었습니다. 인생에서 시련이 왔다는 것을 안다는 건 중요합니다. 그 시련이 지날 때가 여우비가 내리는 때입니다. 여우비가 없는 무지개는 없습니다. 어둠이 없이 별이 빛나지 않습니다.

시련은 당신의 인생이 밝은 대낮이었을 때 보지 못했던 찬란한 별빛, 황홀한 은하수, 아름다운 무지개를 보여줄 것입니다.

산을 오르는 고통을 알지 못하는 자 정상에서의 희열을 맛볼 수 없습니다. 케이블카 타고 올라가는 설악산 정상과 등산으로 올라가는 설악산 정상이 같은 느낌일까요? 재벌 2세의 자산이 1000억인 것과 자수성가한 사람의 자산 1000억이 같은 화폐 단위일지는 모르지만 그 가치가 같다고 보는 사람은 거의 없을 거라 생각합니다.

무언가 이루기 위해 지나가는 당신의 시련이 빛나는 별이 되어 가슴에 머물기를 기원합니다.

실천 방안

일상 속 작은 목표 설정 : 매일매일 달성할 수 있는 작은 목표를 설정하고 이를 꾸준히 실천하세요.

긍정적인 마인드 유지 : 어려운 상황에서도 긍정적인 생각을 유지하려고 노력하세요. 작은 성취감이 큰 자신감을 키워줄 것입니다.

기록하기 : 하루하루의 작은 성공과 성취를 기록하는 습관을 들이세요. 이는 자존감을 높이고 지속적인 동기 부여가 될 것입니다.

작은 실천의 중요성 : 아침마다 10분씩 명상하는 습관을 들이면 마음의 평화가 찾아올 것입니다.

작은 승리의 누적 : 매일매일 조금씩 운동하며 건강을 지키는 것이 나중에는 큰 변화를 이끌 것입니다.

Jang Heejun's Life and World Stories

장희준의 삶과 세상이야기

턴어라운드 4부

내가 사랑한 철학

마음의 이치

인간의 본성과 반대되는 결정을 하기가 너무나 어렵습니다. 술을 즐겨 마시면서 간 보호에 좋다는 건강 보조식품을 챙기거나, 담배를 피우면서도 자기는 폐암에 걸리지 않을 거라는 근거 없는 자기방어 기전을 발동한다거나, 자기가 사업하는 능력이 다른 사람보다 뛰어나다고 착각하거나, 진짜로 근거 없는 자신감도 있습니다.

별거 아닌 것 같은 일도 장인의 경지에 오르려면 인고의 세월을 갈고닦아도 되기가 쉽지 않은데, 다른 사람과 조금만 차이를 만드는 것이 얼마나 어려운가요? 맛집이란 곳을 가서 음식을 먹어보면 원재료가 좋아서 맛집인 곳, 고깃집이 대표적입니다. 그것도 생고기. 그러나 그 생고기조차도 제주 숙성 고깃집 가서 먹어보면 숙성 온도별 숙성 시간에 따라 맛이 다 다릅니다.

그래서 자신감은 좋으나 근거 있는 자신감, 과신이나 허세가 아닌 게 되려면 대가를 지불할 준비를 해야 합니다. 그리고 또 친구나 지인들이 자기를 엄청 좋아하고 있고 인기가 있다고 착각하는 것입니다. 내로남불, 내가 하는 건 로맨스, 남이 하는 건 불륜이라고 자기중심적으로 해석합니다.

그러나 그런 습관적 판단이 자기의 일을 정확하게 파악하고 판단하는 데 큰 장애가 된다는 걸 모릅니다. 사람은 자기가 보고 싶은 것만 보고, 보고 싶은 대로 봅니다. 그래서 늘 자기의 마음자리가 실제하는 것인가 질문해봐야 합니다.

얼마 전 대구 시내 나가다가 거리에 더불어민주당 대구동구위원장이 걸어둔 플래카드 글을 보고 너무도 깜짝 놀랐습니다. "기름값을 낮추겠습니다."라는 내용과 그 중심에 더불어민주당이 일조했다는 뉘앙스의 플랜카드를 보고 아직도 이런 글을 올리다니 하고 놀랐습니다. 팩트는 기름값은 국제유가가 하락하면서 자연스럽게 내린 것이지 다른 요인은 없는데도, 그게 마치 자기들의 치적인 양 쓴 플랜카드를 길거리에 건다는 게 어이가 없는 일인데도 많은 사람들은 자기가 보고 싶어하는 것을 보는 습성상 거기에 속아 넘어갑니다.
속아 넘어가지 않은 유일한 방법이 사실을 보는 훈련입니다. 이것은 매 순간 떠오르는 내 생각이 사실을 기초로 한 건지 되물어야 합니다. 그것만 제대로 훈련해도 자영업 실패율 줄이고 업종 선택 기준이 쉬워집니다. 나를 객관화하고 내 일을 객관화하고 나와 인연된 사람을 객관화할 수 있을 때 모든 일이 사실에 근거해서 흘러갑니다. 시도해보세요.

실천 방안

내면 성찰 : 자신의 선택에 대해 솔직하게 평가하고, 그 선택이 현재의 자신에게 어떤 영향을 미쳤는지 돌아보세요.
현실 인식 : 과거의 선택을 후회하기보다는 현재의 상황을 인정하고, 앞으로의 결정을 더욱 신중히 하세요.
긍정적인 태도 : 과거의 실수나 실패도 내 인생의 중요한 부분임을 인정하고, 이를 통해 성장할 수 있는 기회로 삼으세요.
목표 설정 : 명확한 목표를 설정하고, 이를 달성하기 위한 계획을 세우세요.
지속적인 학습 : 새로운 지식과 경험을 통해 더 나은 결정을 내릴 수 있도록 노력하세요.

대답 없는 질문

칸트의 순수이성비판을 읽다 보면 질문이 꼭 대답이 있어서 하는 게 아니라, 질문이 또 다른 질문을 부르고 끊임없는 물음 속에서 유한자인 인간이 무한자인 신이나 궁극적 우주, 시간, 사후세계 등 대답이 없는 질문의 연속이 왜 필요한지에 대해 고민하게 됩니다. 그 확실한 이유는 질문하는 만큼 밝아진다는 것입니다.

칸트는 이러한 질문들을 이길 수도 그만둘 수도 없는 게임으로 표현했습니다. 예를 들어, 둥근 사각형을 만들 수 있는가라는 질문이나, 우주가 빅뱅으로 138억 년 전 만들어졌다면 그전에는 무엇이 있었는가라는 질문처럼, 이러한 형이상학적 질문들을 끊임없이 해왔습니다. 만약 무에서는 아무것도 만들어지지 않는다는 이론에 근거한다면 빅뱅 이론은 모순이 됩니다.

우리 삶도 어찌 보면 대답 없는 것에 대한 끊임없는 질문의 연속이 아닌가 생각해봅니다. 해답이 없는 질문을 칸트만큼 꾸준히 오랜 시간 할 수 있다면, 어떤 일이든 간에 조금 더 밝아진 미래를 만날 수 있을 것입니다. 무언가를 추구하며 질문하는 과정에서 우리는 성장하고, 더 큰 진리를 깨달을 수 있기 때문입니다.

실천 방안

질문을 받아들이기 : 대답이 없는 질문도 받아들이고, 그 질문을 통해 새로운 관점을 얻으려고 노력하세요. 질문 자체가 중요한 의미를 가지고 있음을 기억하세요.
지속적인 탐구 : 끝없는 질문을 통해 지식을 넓히고, 깊이 있는 사고를 유지하세요. 철학적 질문이나 형이상학적 문제들에 대해 고민하며 사고의 폭을 넓힙니다.
긍정적인 태도 유지 : 해답이 없는 질문에 대해 긍정적인 태도를 유지하고, 그 과정에서 배우고 성장하려고 노력하세요. 질문하는 과정에서 얻는 통찰이 중요합니다.
공유와 토론 : 다른 사람들과 질문을 공유하고, 토론을 통해 다양한 시각을 접하세요. 이를 통해 질문에 대한 더 깊은 이해를 도모할 수 있습니다.
일기 쓰기 : 질문과 그에 대한 생각을 기록하며 일기를 쓰세요. 이는 자신의 사고 과정을 정리하고, 더 깊이 있는 성찰을 도와줍니다.

빛과 어둠

인간의 뇌 작용이 시작된 탄생의 순간부터 기억은 오감 작용과 마지막 의식의 작용으로 결정됩니다. 반복되고 자주 접한 것과 큰 충격이나 깨달음으로 다가온 순간을 바탕으로 생각과 판단을 하게 됩니다.

오감, 즉 보고, 듣고, 냄새 맡고, 맛보고, 몸으로 느낀 것의 총합을 우리는 흔히 체험이라고 합니다. 정상적인 인간이 상상하는 대부분은 형상입니다. 시신경을 통해 뇌에 저장된 모양과 색깔을 기초로 상상합니다. 꿈도 이 범주를 크게 벗어나지 않습니다.

그런데 선천적 시각장애인의 꿈에는 하늘, 구름, 여자, 고기, 물고기, 사자, 호랑이, 고래, 태양 등이 어떤 형태로 나타날까요? 그들은 색깔을 의식 작용에서 어떻게 해석할까요? 이 정확한 느낌은 시각장애인만이 알 수 있는 것이고, 그들도 색깔을 말로 표현하고 대화를 나눌 수 있으나 정상인의 그것과는 다를 것이라 판단됩니다.

단 한 가지 기능의 상실이 세상을 인식하는 데 하늘과 땅 차이만큼 큽니다. 그래서 열반경에 "맹인모상(盲人摸象)"이라는 말이 있습니다. 여러 맹인이 각자 다른 부위의 코끼리를 만지면 다른 형태로 인식하게 됩니다. 시각 장애인의 뇌 기능이 정상인에 비해 떨어지지 않아도, 정보와 상상이 꿈을 형상으로 그리는 기능 차이로 인해 이런 차이가 발생할 것입니다. 선천적 시각장애인의 상상의 세계에는 색상이 존재하지 않으며, 공간의 지각을 해보지 못했기 때문에 원근과 공간의 크기에 대한 상상도 다를 것입니다. 그래서 "몸이 천 냥이면 눈이 구백 냥"이라는 말이 나왔을 것입니다.

실천 방안

시각장애 이해 : 시각장애인의 경험을 이해하고, 그들의 상상 세계를 존중하세요. 다양한 관점에서 세상을 바라보려는 노력을 기울이세요.
공감과 지원 : 시각장애인과의 대화를 통해 그들의 경험을 공감하고, 필요한 지원을 제공하세요. 이는 더 나은 사회를 만드는 데 도움이 됩니다.
다양한 체험 기회 : 다양한 체험을 통해 자신의 오감을 확장하세요. 새로운 경험을 통해 세상을 더 풍부하게 인식할 수 있습니다.
상상력 개발 : 자신의 상상력을 개발하고, 다양한 방법으로 상상을 표현하세요. 이는 창의력을 키우는 데 도움이 됩니다.
감각 훈련 : 감각 훈련을 통해 자신의 오감을 더욱 예민하게 만드세요. 이는 세상을 더 깊이 이해하는 데 도움이 됩니다.
자기 성찰 : 자신의 경험과 인식을 성찰하고, 다른 사람의 관점을 이해하려고 노력하세요. 이는 더 나은 인간 관계를 만드는 데 도움이 됩니다.

백설공주

백설공주에서 나오는 마술 거울은 누가 제일 예쁜지 가르쳐주는 기능이 탑재된 거울입니다. 그런데 그 거울 아니더라도, 아무 거울이나 예쁜 사람은 예쁘게, 못난 사람은 못나게 비추는 게 거울입니다.

그러나 그 어떤 거울도 마음을 비춰주지는 못합니다. 사람 얼굴은 생긴 대로 비추는 거울로 볼 수 있지만, 사람 마음을 비추는 거울이 없으니 사람을 대할 때 겉으로 나타난 모습을 보고 마음의 모습을 예측해서 판단하는 건 참혹한 결과를 맞이할 수 있습니다. 얼굴 표정은 얼마든지 조작 가능합니다. 그래서 영화배우가 있는 것입니다.

그런데 세상에는 배우 뺨치는 사람들이 많습니다. 양의 탈을 쓴 종교 지도자, 정치 지도자, 호의와 관심으로 다가오는 사람을 조심해야 합니다.

보이지 않은 마음을 볼 수 있는 지혜를 배울 일입니다.

상대의 마음을 보는 방법은 맑은 호숫물에 자신의 모습을 비추는 것과 같습니다. 맑은 호숫물도 잔잔해야 얼굴을 비출 수 있듯이, 내 마음이 잔잔한 호수가 되어 상대의 마음을 바라본다면 그곳에 상대의 마음이 비칩니다. 내 마음이 탐욕, 분노, 무지로 가득 차 있으면 그 누구의 마음도 비출 수 없습니다.

먼저 내 마음을 닦으세요. 그 마음의 거울로 상대를 비추면 마음의 실상이 나타날 것입니다.

아무리 유능한 연기자라도 오래 보면 불현듯 본성이 드러납니다. 사람의 본모습과 품성은 시간을 두고 관찰해야 합니다.

백설공주 신드롬에 속지 마세요. “거울아 거울아, 이 세상에서 누가 제일 착하니?”

실천 방안

자기 마음 다스리기 : 먼저 자신의 마음을 잔잔하게 다스리세요. 명상이나 마음 챙김을 통해 내면의 평화를 찾습니다.
상대방 존중하기 : 겉모습만 보고 판단하지 말고, 상대방을 존중하세요. 겉으로 드러나지 않는 마음을 이해하려고 노력합니다.
시간을 두고 관찰하기 : 사람을 판단할 때, 시간을 두고 관찰하세요. 성급하게 판단하지 말고, 상대방의 본모습을 알아가는 과정이 필요합니다.
긍정적인 관계 형성 : 긍정적이고 진실한 관계를 형성하세요. 상대방에게 진심으로 다가가며, 마음의 교류를 중요시합니다.
공감 능력 키우기 : 상대방의 입장에서 생각하고 공감하려는 노력을 기울이세요. 공감 능력은 건강한 인간관계를 만드는 데 중요합니다.
자기 성찰 : 정기적으로 자기 성찰을 통해 자신의 마음 상태를 점검하세요. 자기 성찰은 더 나은 자신을 만드는 데 도움이 됩니다.

칼릴 지브란

레바논 출신 작가 칼릴 지브란의 대표작 "예언자"는 알무스타파가 유배지에서 배를 타고 떠나기 직전, 마을의 다양한 사람들의 질문에 대답하는 형태의 잠언 형식의 치유의 메시지를 전하는 26가지 주제에 대한 답변 형식의 책입니다. 살아가면서 마주쳐야 할 여러 가지 문제들, 예를 들면 사랑, 삶, 먹고 마시는 것 등에 대한 예언자 알무스타파의 어록을 기록한 형식의 글입니다. 전하는 내용이 너무 단백하고, 한 소절 한 소절 쉽고 간결한 문체로 설명하고 있습니다.
기회가 되신다면, 한 번 읽어보시기를 권하고 싶은 책입니다.
우리나라에서는 유럽 중심, 로마와 그리스 중심의 철학, 문학, 그림, 음악만 친숙하지만, 이슬람 문화나 이슬람교를 믿는 세계 인구가 세계 2위인 16억 명에 이르고, 이슬람 국가만도 56개국이 있다고 들었습니다. 너무 서양 중심 사고만 하는 것은 아닌지 생각해 봅니다. 아프리카에도 9억 인구가 살고 있고, 동양에도 중국과 인도 외에 10억 인구가 함께 공존하고 있습니다.
아주 젊어서 읽었던 첸와 아체베라는 아프리카 작가의 "모든 것은 무너진다"라는 책이 지금도 드문드문 기억이 납니다.
세계 인구는 80억 명이고, 유럽과 미국을 다 합해도 10억이 안 됩니다. 변방 국가라고 생각하는 모든 나라, 작은 부족 국가의 문학이나 철학도 관심을 가져보는 것은 어떨까요?
다 같은 한 동네 사람, 지구촌에 사는 같은 종족, 사피엔스 아닌가요.

실천 방안

다양한 문화 탐구 : 이슬람 문화나 아프리카, 동양의 다양한 문학과 철학에 관심을 가져보세요. 이를 통해 더 넓은 시각을 가지게 됩니다.
다양한 작가의 작품 읽기 : 유럽 중심의 작품 외에도 다른 문화권의 작가들의 작품을 읽어보세요. 첸와 아체베나 칼릴 지브란 같은 작가들의 작품을 통해 다양한 관점을 접할 수 있습니다.
문화적 이해 높이기 : 다양한 문화와 종교에 대해 배우고 이해하려고 노력하세요. 세계 인구의 다양한 배경을 이해하는 것이 중요합니다.
공존의 가치 인식 : 같은 지구촌에 사는 사피엔스로서 공존의 가치를 인식하세요. 다른 문화와의 교류와 소통을 통해 더 나은 세상을 만들어갑니다.
독서 목록 다양화 : 독서 목록을 다양화하여, 여러 문화와 배경의 작품을 포함하세요. 다양한 작품을 통해 더 풍부한 지식을 습득할 수 있습니다.
새로운 시각 받아들이기 : 새로운 시각과 관점을 받아들이고, 자신의 사고의 틀을 넓히세요. 이를 통해 더 깊이 있는 이해와 성장을 이룰 수 있습니다.

생존

자주 회자되는 말 중에 "강한 자가 살아남는 게 아니고 살아남는 자가 강한 것이다"라는 말이 있습니다. 이 말은 책으로도 나왔는데, 이 말은 역설이면서 언어의 유희가 아닐까 생각해봅니다.
생존은 약한 자를 허락하지 않습니다. 다만 대응과 적응만을 원합니다.
생존의 질서는 강한 자가 살아남는 것도 약한 자가 살아남는 것도 아닌, 대응과 적응을 잘하는 개체가 살아남아 다음 세대 유전자에게 바뀐 환경에서 생존하기 위해 적응하고 대응하는 방법을 꾸준히 전함으로써 생존이 가능하도록 바뀐 개체만 생존합니다.
인간 사회라는 정글에서도 보이지 않는 수많은 생존을 위한 치열한 약육강식이 존재한다는 걸 부정할 수 없습니다. 나와 아들 세대가 디지털 문화, 접속에 관한 환경, 정보 수집력, 정보 접근력, 다수의 SNS를 통한 현재의 여론 방향 등 다양한 분야에서 내가 20대일 때는 생존에 필요하지 않았거나 거의 미미한 수준이었던 것들이 새로 생겨난 디지털 환경에 적응과 대응을 잘하는 사람이 생존하도록 바뀌었고, 그 분야 업무 처리 능력 또한 아들과 나는 비교가 될 수 없습니다.
생존은 강한 자가 살아남습니다. 다만 적응과 대응을 잘한 그 시대가 원하는 개체로 빨리 탈바꿈한 자만이 살아남습니다.
살아남으려면 그 어떤 변화된 환경에도 적응할 수 있는 유연한 사고를 가지세요. 그 부드러운 강함과 적응과 대응이 생존의 필수 전략이 될 수 있습니다.

실천 방안

유연한 사고 기르기 : 변화하는 환경에 적응할 수 있는 유연한 사고를 기르세요. 새로운 상황에 빠르게 적응하는 능력이 중요합니다.
끊임없는 학습 : 지속적인 학습을 통해 새로운 지식과 기술을 습득하세요. 시대의 변화에 맞춰 자신을 업데이트하는 것이 필요합니다.
도전과 변화 수용 : 새로운 도전과 변화를 두려워하지 말고, 적극적으로 수용하세요. 도전을 통해 성장할 수 있습니다.
문제 해결 능력 향상 : 다양한 문제에 대처할 수 있는 문제 해결 능력을 향상시키세요. 다양한 상황에서의 대응력을 키우는 것이 중요합니다.
긍정적인 태도 유지 : 긍정적인 태도를 유지하며, 어려운 상황에서도 희망을 잃지 마세요. 긍정적인 마인드는 생존의 중요한 요소입니다.
건강한 생활습관 유지 : 신체적, 정신적으로 건강한 생활습관을 유지하세요. 건강은 생존의 기본입니다.

행복의 본질

행복이 어디서 오는가? 행복은 어떻게 오는가? 행복은 무엇으로 오는가? 행복은 마음에서 온다고들 한다. 쾌락과 행복이 같은 건지 다른 건지는 어디서 오는지를 보면 된다. 루이비통, 벤츠, 평당 1억짜리 50평 아파트, 발렌타인 30년산 이런 것들과 함께 왔다면 쾌락일 가능성이 높다. 쾌락과 행복 모두가 마음에서 일어나는 작용인 것은 동일하다. 그러나 그 수명은 쾌락은 급속 방전, 행복은 무한 충전과 같다.

당신이 소유한 많은 물질적인 것들로 인해 행복했던 시간이 얼마나 됐는가? 만약 벤츠 600의 행복 수명이 50년이라면 어떤 경우라도 사야 한다. 그러나 그 어떤 물질의 소유도 행복 수명이 얼마 가지 못한다. 왜냐하면 오래가는 행복은 스스로의 내면에서 나오는 무한 에너지와 같다. 스스로 만들어내는 행복 에너지는 방전도 안 되고 연료를 필요로 하지 않는다. 태양광이나 풍력 발전처럼 스스로 생겨나기 때문이다.

당신에게 온 행복이 쾌락인지 행복인지 구분하는 방법은 간단하다. 그 근원이 어디서 왔는지 확인해 보라. 그러면 행복의 본질이 보일 것이다.

실천 방안

내면의 목표 설정 : 물질적인 목표보다는 자신만의 의미 있는 목표를 세우고 이를 위해 노력해보세요. 예를 들어, 새로운 기술을 배우거나 자신이 좋아하는 취미 활동을 꾸준히 하는 것이 좋습니다.
일상 속 감사하기 : 하루의 끝마다 오늘 있었던 감사한 일을 세 가지씩 적어보세요. 이는 작은 행복을 깨닫고 지속하는 데 도움이 됩니다.
물질적인 것의 한계 : 새로운 자동차를 사거나 명품을 구입할 때 느끼는 기쁨은 일시적일 수 있습니다. 시간이 지나면 그 기쁨은 줄어들고 더 큰 만족을 찾기 마련입니다.
내면의 행복 : 반면, 자원봉사나 창작 활동 등 내면의 성취에서 오는 행복은 오래 지속될 수 있습니다. 이는 지속적으로 자신을 충전해주고, 삶의 만족도를 높여줍니다.
타인과의 연결 : 주위 사람들과 진정성 있는 대화를 나누고, 서로의 감정을 공유하세요. 타인과의 연결은 행복을 지속시키는 중요한 요소 중 하나입니다.

시작이 반

공부도 때가 있고 돈도 벌어야 될 때가 있다고 합니다. 하지만 그 일을 하고자 하는 마음을 먹고 시작한 때가 적기입니다. 큰 부를 이루거나 학문적으로 성과를 이룬 사람 중에 늦게 시작해서 이룬 사람도 많이 있습니다. 만약 일흔 살 나이에 한글을 배우는 목표를 세워서 일흔 다섯에 한글을 배웠다고 성취를 못 이룬 게 아니고, 구구단을 모른 사람이 노년에 구구단을 외웠다면 그만큼의 성취를 이룬 것입니다. 단돈 백만 원이 없던 사람이 순자산 1천만 원을 달성한 일도 마찬가지입니다.

모든 일은 하고자 하는 열정으로 지금 여기서 할 수 있는 만큼부터 시작하면 됩니다. 운동도 식후 산책 30분부터, 재물도 하루 1만 원 모으기부터, 공부도 하루 책 다섯 페이지 읽기부터, 글쓰기도 1줄짜리 작문부터. 각자 시작할 수 있는 것부터 시작해서 꾸준히 하다 보면 작년에 몰랐던 것들을 알게 되고 작년보다 더 건강해지고 작년보다 더 너그러워진 나를 발견한다면 그것이 "시작이 반이다"라는 말과 딱 들어맞는 말이 아니까요? 오늘 시작해 보세요. 그러면 절반은 성공한 것입니다.

실천 방안

작은 목표 설정 : 하루에 10분 운동, 5페이지 독서 등 작고 실현 가능한 목표를 세우세요.
일일 성과 기록 : 매일 성취한 것을 기록하세요. 이는 지속적인 동기부여가 됩니다.
습관 형성 : 목표를 달성하기 위해 꾸준히 같은 행동을 반복하세요. 이는 장기적인 변화를 이끌어낼 것입니다.
작은 목표 : 하루에 10분씩 새로운 언어를 공부하면 1년 후에는 기본 회화를 할 수 있게 됩니다.
꾸준한 노력 : 매일 조금씩 운동을 시작하면 6개월 후에는 건강한 생활 습관이 형성됩니다.

행복의 본질

우리는 종종 행복을 찾기 위해 무언가를 해야 한다고 생각합니다. 어제와 같은 오늘, 오늘과 같은 내일이 반복되는 일상이 지루하게 느껴진다면, 행복이 아직 멀리 있다고 생각할 수 있습니다. 예를 들어, 여행을 가거나 맛집을 찾고, 골프를 치거나 쇼핑을 하는 등의 활동이 꼭 행복의 조건은 아닙니다. 집에서 나물밥을 비벼 먹고, 책을 읽으며, 차 한 잔 마시는 시간을 보낼 때에도 행복을 느낄 수 있다면, 행복은 이미 당신 곁에 있는 것입니다.

행복은 욕구를 충족시키기 위해 무언가를 해야 하고, 사야 하고, 어딘가 가야 하고, 누군가를 만나야 하는 것이 아닙니다. 만약 아무것도 하지 않아도 행복을 느낄 수 있다면, 그것이 진정한 행복입니다. 더 이상 무언가를 하지 않아도 되는 그 상태가 바로 행복이라는 것을 깨닫는 순간, 행복은 당신 곁을 떠나지 않을 것입니다.

예를 들어, 바쁜 하루를 마치고 집에 돌아와 따뜻한 차 한 잔과 함께 좋아하는 책을 읽는 시간을 상상해보세요. 아무것도 하지 않고 오롯이 그 순간을 즐기는 것이 얼마나 큰 행복인지 느낄 수 있습니다. 또 다른 예로, 자연 속에서 조용히 산책하며 신선한 공기를 마시는 것도 별다른 활동이 아니지만, 그것만으로도 충분히 행복을 느낄 수 있습니다.

당신의 인생이 이러한 작은 순간들로 가득 차기를 바랍니다. 그것이야말로 진정한 행복입니다. 행복은 멀리 있지 않습니다. 당신의 일상 속, 그 작은 순간들을 소중히 여긴다면 언제나 행복과 함께 할 수 있을 것입니다. 당신의 인생이 행복 충만한 나날이 되기를 진심으로 소망합니다.

실천 방안

일상의 소중함 발견 : 특별한 계획이 없어도 매일의 소소한 순간들을 즐기도록 노력해보세요. 작은 것에서 오는 행복을 발견하는 것이 중요합니다.
자연과 함께하기 : 때때로 아무것도 하지 않고 자연을 느껴보세요. 자연 속에서의 시간은 마음의 평안을 가져다줄 것입니다.
감사하는 마음 가지기 : 하루의 끝마다 오늘 느낀 행복한 순간을 떠올리고 감사하는 마음을 가져보세요. 이는 행복감을 지속시키는 데 큰 도움이 됩니다.
소소한 행복 : 주말에 아무 계획 없이 집에서 쉬면서 책을 읽고, 차 한 잔을 마시는 순간의 평화로움.
조용한 만족 : 대자연 속에서 혼자 산책하며 느끼는 고요한 시간.

관계의 지혜

다양한 형태의 정신세계를 가지고 살아가는 사람이 한 시대 공존한다는 것을 잊으면 안 됩니다. 이제 보통 사람도 많이 알고 있는 소시오패스, 사이코패스 그리고 분노 조절 장애 등 다양한 형태의 사람이 함께 어울려 살아가는데, 우리는 가끔 자기의 종교적 신념이나 박애주의, 측은지심이 발동해서 그런 사람을 도와주거나 인도하면 회개하고 거듭날 거란 착각을 하는 사람을 가끔 보곤 합니다. 그것은 내 생각에는 상당한 불치병의 일종으로 그 분야 전문의사도 치료하기 어렵다고 말하는 질병입니다. 그런데 무슨 수로 우리가 그런 사람을 치료하겠습니까? 만약 그런 사람을 알거나 만난다면 그냥 내빼는 게 상책입니다. 어떤 경우든 그런 사람과 인연을 멀리하십시오.

그런데 항상 미소 띤 얼굴, 친절한 말투, 예의 바른 행동, 겸손한 인격 등 누가 보더라도 호감이 가는 사람도 쉽게 판단해서 중요한 거래나 동업을 하거나 해서는 안 됩니다. 스마일 증후군이라고 재벌집 막내아들이란 드라마에서 순양그룹 큰손자 역을 했던 배우가 전형적인 스마일 증후군입니다. 진짜 미소와 가짜 미소의 차이를 구분하기 어렵기 때문에 미소 속에 감춰진 그 사람의 속내를 알려면 시간이 필요합니다. 쉽게 속단하면 오히려 큰 화근이 됩니다.

그래서 당태종 이세민의 치세를 위징이 기록한 정관정요라는 책에 이런 말이 있습니다. "믿기 어렵고 쓰기 어렵고 의심하지 않기 어렵다."

쓸데없는 인간관계는 독이 되는 경우가 많으니 좋은 인간관계를 가지려면 정성과 관심, 시간이 필요합니다. 인생 좋은 친구를 만나서 행복한 꽃길을 걸으시길 희망해봅니다.

실천 방안

관계 정리 : 자신의 삶에 부정적인 영향을 끼치는 사람들과 거리를 두는 것이 중요합니다.

관계 심사숙고 : 중요한 관계나 거래는 시간을 두고 신중하게 판단하세요. 즉각적인 결정을 피하고 상대방의 진정성을 확인하는 시간이 필요합니다.

긍정적인 관계 유지 : 긍정적이고 상호 존중할 수 있는 사람들과의 관계를 유지하고 강화하는 것이 중요합니다. 좋은 관계는 삶의 질을 높여줍니다.

쓸데없는 인간관계의 피로감 : 직장에서 항상 불평하는 동료와 지속적으로 관계를 유지하면 스트레스가 쌓일 수 있습니다.

진짜와 가짜의 구별 : 새로운 사람을 만났을 때, 겉으로 보이는 모습만으로 판단하지 말고 그 사람의 행동과 말을 시간에 걸쳐 관찰해보세요.

가치 01

자본주의 국가에서 생존하기 위해서 우리는 늘 모든 행위나 재화에 필연적으로 가치를 매기고 살아갑니다. 대부분 얼마인가를 가장 중요한 가치의 기준으로 생각합니다. 그러나 모든 재화나 모든 행위는 가치가 따로 정해진 것이 아닙니다. 다만 그 가치를 인정해주는 사람이 있을 때 그 상품의 계량의 단위로 가격이 만들어집니다.

아프리카 원주민들은 다이아몬드 가치를 길가에 돌멩이나 다름없이 생각하고 수십만 년 그 땅에서 살았습니다. 그것을 차지하기 위해 서로 죽고 죽이는 살육이 서구 열강들에 의해 벌어지기 전까지는. 10억짜리 집이 5억이 되고, 주식이 종이 쪼가리가 되고, 5천만 원 하던 중고차가 3천만 원이 되고 하는 것을 보면 가치는 원래 없는 것이나 거래할 시장에서 그때그때 정해주는 것입니다.

우리 엄마는 루이비통이 뭔지도 모르고 사셨지만 가치 없는 삶을 살았다고 말할 사람은 아무도 없습니다. 세상의 그 어떤 가치도 당신이 그 가치의 높고 낮음에 흔들리지 않는다면 세상의 모든 가치라고 하는 것이 실체가 없는 뜬구름 같은 것이고 물거품 같은 것인 줄 알면 사는 것에 대한 무게가 훨씬 줄어들 것입니다.

금강경 32장에 일체유위법 여몽환포영 여로역여전 응작여시관(一切有爲法 如夢幻泡影 如露亦如電 應作如是觀)이라고 했습니다. 세상 모든 가치라고 하는 사람이 만든 유위법은 꿈 같고 환영 같고 그림자 같고 이슬 같고 번개 같으니 마땅히 그렇게 볼 수 있다면 성불한다고 하셨습니다.

가치는 당신이 그 값을 매길 때 생겨나고 버릴 때 사라집니다. 지금 눈에 보이는 모든 것에 대한 미래 가치를 예측하는 것은 가치 판단을 버릴 때 비로소 생겨납니다. 그 값이 미래에 사람들이 거래할 가치일 수도 있습니다.

실천 방안

가치의 재평가 : 무언가의 가치를 정할 때, 자신의 주관적인 평가와 시장의 평가를 모두 고려해보세요.
가치의 상대성 인식 : 물질적인 것의 가치를 절대적으로 여기지 말고, 시간과 상황에 따라 변할 수 있다는 점을 항상 염두에 두세요.
내면의 가치 발견 : 외부의 평가에 흔들리지 말고, 자신만의 내면의 가치를 찾아보세요. 이는 진정한 행복과 만족을 가져다줄 것입니다.
가치의 변화 : 몇 년 전만 해도 거의 가치가 없었던 비트코인이 지금은 많은 사람들이 거래하는 중요한 자산이 된 사례.
주관적 가치 : 예술 작품의 경우, 누구에게는 단순한 그림일 수 있지만 다른 사람에게는 큰 감동을 주는 예술적 가치를 지닐 수 있습니다.

가치 02

세상에는 그 가치에 값을 매길 수 없는 것들이 삶의 질을 결정할 때가 대부분입니다. 삶의 가치는 누군가의 평가에 의해 결정될 때도 아닐 때도 있는데, 대부분 보통 사람인 우리 삶의 가치는 타인의 평가보다는 스스로 가치 있다고 생각되는 행위로 인해 나와 남 모두에게 그 좋은 영향력이 미칠 수 있도록 자기 성찰을 통한 가치 추구를 해나가는 것이 중요합니다.
나라를 구한 의인이나 역사의 물줄기를 바꾼 열사나 의사의 삶만이 가치 있는 게 아니라, 어려운 이웃과 작은 것을 나누고 기쁜 일은 함께 기뻐해주고 슬픈 일은 위로해주면서 살아가는 삶에 가치가 있습니다. 늘 보는 아파트 경비 아저씨, 늘 거래하는 거래처 사장님, 간만에 연락해 보는 오랜 친구에게 힘이 넘치는 인사와 격려, 듣고 즐거운 말 한마디, 상대가 내가 던진 표정 하나 말 한마디로 엔돌핀이 돌 수 있고 기분이 좋아진다면 가치 있는 하루를 사는 삶일 수도 있습니다.
가치 있는 삶은 거창하고 대단한 어떤 것들이 아니라 지나가는 시간들을 대하는 내 자세가 곧 가치 있는 삶은 아닐까요?

실천 방안

작은 친절 실천 : 일상 속에서 작은 친절을 베푸는 습관을 들이세요. 주변 사람들에게 긍정적인 영향을 줄 수 있습니다.
자기 성찰 : 자신의 삶에서 의미 있는 가치를 찾고 이를 실천해보세요. 이는 삶의 질을 높이는 데 도움이 됩니다.
긍정적인 소통 : 주위 사람들과 긍정적이고 진정성 있는 소통을 통해 관계를 발전시켜보세요. 이는 서로에게 좋은 영향을 미칠 것입니다.
일상 속의 가치 : 매일 아침 아파트 경비 아저씨께 밝은 미소와 인사를 건네는 작은 행동이 큰 행복을 줄 수 있습니다.
작은 기쁨 나누기 : 친구의 생일에 진심 어린 메시지를 보내는 작은 행동도 큰 감동을 줄 수 있습니다.

가치 03

돈의 가치만 논하다 보니 세상에서 가치가 꼭 돈과 동의어처럼 생각하는 사람이라고 오해하는 사람이 있을 것 같습니다. 하지만 가치는 각자 추구하는 삶의 방향과 목표와 꿈이 다르기에, 가치의 정의는 생각보다 폭넓고 광범위합니다. 돈이란 어떤 가치를 실현하기 위한 방편으로 필요한 도구이지, 돈이 가치의 전부가 될 수는 없습니다.

다양한 삶의 가치

글을 쓰거나, 그림을 그리거나, 봉사를 하거나, 음악이나 연극, 탐험가, 여행가 등 각자가 원하는 삶의 가치가 다릅니다. 첫 번째로는 내가 즐겁고, 두 번째로는 나로 인해 단 한 사람이라도 삶이 풍요로워지고, 세 번째로는 내 작은 좋은 파동이 나비효과를 일으켜 그 기운이 사회에 가득해질 수 있다면, 그 하는 일이 어떤 것이든 조금 더 나은 세상을 만드는 가치 있는 일이 아닐까 생각해봅니다.

돈의 장애물

그 과정에서 돈이 장애가 되어 목표와 가치가 전도되는 경우가 있습니다. 예를 들어, 그림을 그릴 때 자기가 그리고 싶었던 그림이 아닌 고객이 원하는 그림을 그리게 되거나, 지구 환경을 보전하여 좋은 자연환경을 후대에 남기고 싶지만 돈이 그 길을 막는 경우가 있을 수 있습니다. 가슴 따뜻한 시 한 편이나 글 한 줄로 단 한 사람에게라도 위로가 되는 글을 남기고 싶어도, 독거노인의 따뜻한 겨울나기 연탄 봉사를 하고 싶어도 돈이 그 길을 막지 않도록 준비하는 것이 중요합니다.

돈의 진정한 의미

돈은 돈에 의한, 돈을 위한, 돈이 삶의 목표가 되는 것을 경계해야 합니다. 경제라는 말은 '경세제민'의 준말인 것을 다들 알 것입니다. 세상을 다스려 백성을 구함이 경제의 본뜻인데, 어쩌다 욕망의 좀비들의 전쟁터가 되었는지 살펴봐야 합니다. 진정한 가치를 실현하기 위한 도구로 돈이 필요하다는 걸 잊지 말고 각자의 경제 활동에서 성공하는 하루 되기를 바랍니다.

실천 방안

자기 가치 확인 : 자신이 진정으로 추구하는 삶의 가치를 확인하세요. 글을 쓰거나 그림을 그리는 것, 봉사활동, 음악, 여행 등 자신에게 의미 있는 활동을 통해 가치를 실현하세요.

균형 있는 경제활동 : 돈을 목표로 하는 것이 아니라, 가치를 실현하기 위한 도구로 사용하세요. 경제 활동에서 돈과 가치를 균형 있게 조율하는 것이 중요합니다.

돈의 역할 이해 : 돈이 단순히 가치를 실현하기 위한 수단임을 이해하세요. 돈 때문에 자신의 목표와 가치가 전도되지 않도록 주의합니다.

사회적 기여 : 자신의 가치 실현을 통해 사회에 긍정적인 영향을 미치는 활동을 찾아보세요. 작은 행동이 큰 변화를 만들 수 있습니다.

지속적인 자기 개발 : 자기 개발을 통해 자신의 가치를 실현하기 위한 역량을 키우세요. 다양한 경험을 통해 더 나은 자신을 만들어 갑니다.

타인과의 공유 : 자신의 가치를 타인과 공유하고, 함께 실현할 수 있는 방법을 찾아보세요. 공동의 목표를 통해 더 큰 가치를 만들어 갑니다.

가치 04

얻고자 하는 게 있다면 그것이 돈이건 사람이건 유형의 것들은 빼앗거나 아니면 사거나 둘 중 하나의 방법을 선택할 수 있고, 제3의 방법으로 내가 갖고 싶은 것을 소유한 사람에게 기부를 받거나 소유한 사람이 내가 갖고 싶어 하는 것에 대한 가치에 흥미를 잃어서 내놓게 하는 방법이 있습니다.
과거에는 내가 필요한 것을 얻기 위한 것에만 집중하고 어떻게든 수단과 방법을 가리지 않고 차지하기 위해 애를 썼습니다. 그러다 어느 순간 내가 누구의 것이건 무엇이건 억지로 빼앗는 건 불가능하다는 걸 깨닫게 되었습니다. 그것은 나에게 큰 실패의 파도와 상실감이 몇 차례 지나가기 전까지 깨닫지 못했습니다.
너무 많은 대가를 치르고 나서야 얻고자 하는 게 있다면 먼저 줘야 한다는 걸 알아가기 시작했습니다. 취하고 싶은 게 있다면 버려야 된다는 걸 알아가기 시작했습니다. 역설적인 이야기지만 돈을 벌고 싶으면 돈을 써야 합니다. 자기 소득의 일정 부분을 써야 합니다. 만약 큰 의미 없는 저축이라면 저축 금액을 줄이고 아니면 써야 할 자리가 생기면 써야 합니다.
지인들이나 친구, 형제, 주변 인연된 사람 중 돈을 써야 할 사람이면 지갑을 여세요. 누군가를 위해서라면 지갑을 나간 돈이 흥부의 강남 갔던 제비가 돼서 박 씨를 물고 돌아옵니다. 그리고 자기의 가치를 올리는 데 돈을 쓰세요. 돈을 주고 듣는 좋은 강의나 책을 사는 돈, 좋은 곳에 여행을 가고 맛집을 가고, 건강을 챙기기 위해 홍삼을 사고 비타민을 사고 아끼고 저축해서 한 달 100만 원 저축해서 30년 꼬박 모아 봐야 3억 6천만 원입니다.
월급쟁이 부자를 보기 힘들다면 내 자식에게는 월급쟁이 시키지 마세요. 월급쟁이로 어렵다는 걸 안다면 월급 이외의 소득 방법을 찾기 위해 저축하지 말고 돈을 쓰세요. 낭비가 아닌 진정한 창조를 위한 소비를 실천해보세요. 돈 때문에 힘들다면 술 끊고 담배 끊고 그 돈을 자신의 진정한 가치 상승에 투자하세요. 그때 비로소 돈이 돌아서 나에게 옵니다.

그걸 오랜 시행착오를 거쳐 알게 되는데 큰 도움이 된 아내에게 고마운 마음을 전합니다. 지금도 지독한 자린고비인 나는 쓸 때는 과감하게 씁니다. 다시 돌아오기를 바라는 마음 없이 씁니다. 그것이 가져다주는 행복만으로도 충분한 보상을 받은 셈입니다.

이 글에서 예시를 들자면, 우리는 누군가에게 베풀고 투자하는 것이 결국 자신에게 돌아오는 길임을 배울 수 있습니다. 예를 들어, 아이들이나 친구들에게 아낌없이 투자하고, 자신의 성장을 위해 교육과 경험에 돈을 쓰는 것이 중요합니다.

실천 방안

기부와 나눔 : 자신이 얻고자 하는 것을 먼저 베푸는 자세를 가지세요.

자기 투자 : 자신의 가치를 올리는 데 돈을 아끼지 말고 투자하세요.

건강한 소비 : 필요 없는 저축보다 진정한 창조를 위한 소비를 실천하세요.

부정적 습관 제거 : 술과 담배 같은 부정적인 소비를 줄이고, 자신의 성장을 위한 투자를 늘리세요.

긍정적인 마음 : 돈을 쓸 때, 돌아오기를 바라는 마음 없이 긍정적인 마음으로 사용하세요.

생각

흔히 많이 쓰는 말 중에 "마음을 비웠다", "아무 생각 안 한다"라는 말이 있습니다. 흔히 마음이라고 표현하는 것은 실체가 없습니다. 엄밀하게 따지면 마음 작용도 실체가 없습니다.

마음은 생각이 계속 흘러가고 있는 상태를 얘기합니다. 태어나서 생각이 멈춘 상태를 경험하기란 쉽지 않습니다.

그래서 멍때리기 대회도 있고 캠핑 가서 불멍 때리기도 합니다. 멍때린다, 생각을 줄인다는 행위입니다.

오늘 새벽 명상할 때도 온갖 생각의 구름이 지나갑니다. 보통의 사람들이 할 수 있는 최고의 명상이란 마음을 비우거나 생각을 멈추는 것이 아니라 생각을 보는 것입니다. 내 뇌의 작용이 어떤 생각을 일으켰다 버리고 다른 생각을 또 일으키고 하는지를 관찰하는 관찰자로 남아서 내 생각을 보는 훈련은 생각보다 나를 많은 것들로부터 자유롭게 합니다.

생각은 보고 있을 때는 아무런 일이 생기지 않습니다. 그 생각에 내 행동이 개입될 때만 일이 생깁니다.

생각을 보는 훈련은 모든 근육(뇌 근육 포함해서) 긴장을 풀고 충분한 이완 상태로 깊은 복식 호흡으로 내 생각을 관찰해 보기를 추천합니다. 매일 새벽 10분 정도만 투자해도 내 생각이 내 몸뚱아리의 지배가 되어서 마음대로 조정하는 걸 많이 줄여 갈 수 있습니다.

명심하세요. 마음은 생각이 흘러가는 강물 같고 생각은 과거 시간이 가져온 기억이란 빗물이 흘러가는 계곡 같은 것입니다. 이 모두가 실체가 없습니다. 없는 실체로 지금 나를 고문하는 어리석음을 범하지 마세요.

실천 방안

명상 : 매일 아침 10분 동안 깊은 호흡과 함께 명상을 하며 생각을 관찰하는 연습을 합니다.

생각 일기 : 하루 동안 떠오른 생각들을 일기로 기록하여, 자신의 생각 패턴을 분석합니다.

감정 일지 : 자신의 감정 변화를 관찰하고 기록하며, 감정과 생각의 관계를 이해합니다.

마음 챙김 : 하루 중 일정 시간을 마음 챙김 활동에 투자하여, 현재 순간에 집중합니다.

스트레스 관리 : 스트레스를 줄이기 위한 다양한 방법들을 시도하여, 긴장을 풀고 이완 상태를 유지합니다.

여유

가장 많이 원하고 바라는 삶의 모습 중 여유로운 삶이 행복한 삶과 더불어 많은 사람들이 추구하는 삶의 방향입니다. 이때 여유로움이란 경제적인 여유로움, 시간적인 여유로움, 공간적인 여유로움. 다양한 여유로움을 추구하지만 그중에서 마음의 여유를 갖는 일은 누구나 바라는 인생의 방향입니다.
여유란 비어있어 채워져 있지 않은 그 무언가를 의미합니다. 모든 여유로움은 꽉 채움이 아니라 비어있는 상태. 이걸 법정 스님은 텅 빈 충만이라고 표현했습니다.
여유로운 경제생활, 대인관계, 시간 관리는 비어둔 자리를 만드는 것입니다. 돈이 여유롭기 위해서는 내가 번 돈에서 숨 쉴 수 있는 돈을 만들어야 합니다. 보험, 예금, 주식, 부동산, 옷이나 외식, 여행 등 모든 경제생활을 월 300만 원을 버는 사람이라면 그중에 숨 쉴 수 있는 돈은 남기고 재정 설계를 해야 합니다.
시간도 누구나에게 24시간이 주어지니 숨 쉴 수 있는 시간을 빼고 하루를 설계해보기를 바랍니다.
그 정점에 마음의 여유가 있습니다. 마음의 여유는 오늘 당장 목숨이 위태로울 일이 아니라면 대부분 내 마음의 빈자리를 남기지 않고 살아가는 삶이 어떤 것도 들어갈 수 없도록 하고 있는 건 아닌지, 그것이 나를 힘들게 하고 있다는 걸 알아차린 순간 마음자리에 꽉 차 있는 무언가를 버려야 합니다. 버린 만큼 빈자리가 생깁니다.
텅 빈 충만은 버린 자리만큼 생기는 여유를 일컫는 말은 아닐런지. 당신의 삶이 텅 빈 충만으로 행복하기를!!

실천 방안

재정 설계 : 수입에서 일정 부분을 저축하고, 미래를 위한 재정 계획을 세웁니다.
시간 관리 : 하루 24시간 중 일정 시간을 비워두고, 혼자만의 시간을 가지며 여유를 찾습니다.
공간 정리 : 집이나 작업 공간을 정리하여, 여유롭고 깔끔한 환경을 만듭니다.
마음 챙김 : 명상이나 호흡 운동을 통해 마음의 여유를 찾고, 내면의 평화를 유지합니다.
취미 생활 : 자신이 좋아하는 취미 활동을 통해 마음의 여유를 누립니다.

전승가도

인간의 완성은 패배의 횟수만큼 굳건해집니다. 다만 그 패배를 수용하거나 인정하지 않은 경우에 한해서입니다. 그 패배가 멈춘 자리, 그 실패가 멈춘 자리, 바로 그 자리에서 성공의 싹이 자랍니다.
하는 일마다 잘 풀리고 모든 일이 승리가 반복된다면 곧 인생에 태풍이 불어닥칠 조짐이라는 걸 잊어서는 안됩니다.
예를 들어, 복싱 세계 챔피언 경기에서 15라운드 중 1라운드 일방적인 공격으로 승점을 확보했다고 해서 챔피언 벨트를 허리에 두를 수는 없습니다. 마지막 15라운드 경기가 끝나기 전까지는 승패가 결정된 게 아닙니다. 하늘의 순리는 그 어떤 경우든 늘 맑고 화창한 봄날만 계속되는 인생을 선물하지 않습니다.
전승가도를 달리고 있다면 조심하세요. 곧 급브레이크를 밟을 때가 오고 있습니다. 예를 들어, 사업이 순조롭게 진행되고 모든 일이 잘 풀리는 시점에서도 언제 어떤 위기가 닥칠지 모릅니다. 그 순간을 대비하여 항상 준비하고 있어야 합니다.
이렇듯, 패배와 실패는 우리의 삶에서 중요한 교훈을 줍니다. 예를 들어, 마라톤 선수는 여러 번의 패배와 좌절을 겪으며 자신의 한계를 극복하고, 끝내는 새로운 기록을 세웁니다. 이러한 과정에서 얻은 경험과 지혜는 그 어떤 승리보다도 값집니다.
결국, 우리의 완성은 우리가 얼마나 많은 패배와 실패를 경험하고, 그것을 어떻게 받아들이고 성장하느냐에 달려 있습니다. 그러므로, 패배와 실패를 두려워하지 말고 그것을 우리의 자양분으로 삼아 더욱 굳건해집시다.

실천 방안

패배 수용 : 패배를 인정하고, 이를 통해 배우며 성장하는 자세를 갖추세요. 예를 들어, "실패 경험을 분석하여 개선점을 찾기" 같은 방법을 시도해보세요.
장기적 관점 유지 : 단기적인 승리에 취하지 않고, 장기적인 목표를 설정하고 꾸준히 노력하세요. "매달 목표를 설정하고 달성 여부를 점검" 같은 구체적인 계획을 세워보세요.
위기 관리 : 언제든지 닥칠 수 있는 위기에 대비하여, 리스크 관리 계획을 세웁니다. "위기 시나리오를 작성하고 대비책 마련" 같은 활동을 실천해보세요.
정신적 유연성 : 실패를 두려워하지 않고, 이를 극복할 수 있는 정신적 유연성을 기릅니다. "명상이나 마음 챙김 연습"을 통해 정신적 강인함을 강화합니다.
성공과 실패의 균형 : 성공과 실패를 균형 있게 받아들이고, 양쪽에서 배울 수 있는 점을 찾습니다. "성공과 실패 사례를 기록하고 학습"하는 방법을 통해 성장을 도모합니다.

악인이 되어라

세상에 선한 영향력은 스스로에게 하는 것입니다. 모든 일을 선하게 대한다면 세상에서 살아남기가 어렵습니다. 예수와 부처의 말씀대로 사는 것은 목사나 스님도 어려운 일인 걸 잊지 마세요.

함께 이 세상을 살아가는 많은 사람들에게 진정한 선의 영향력을 미치고 싶다면 때로는 악인이 되어야 합니다. 타인의 눈에 비친 착한 사람 신드롬이나 좋은 사람이라는 칭찬은 실제로 세상 살아가는데 크게 독이 될 때가 많습니다. 착한 사람을 존경하는 사회 문화가 만들어진 세상이 아닌데 나만 착한 사람으로 산다는 건 사람들에게 이용하기 딱 좋은 사람, 부탁하면 잘 들어줄 사람, 속이기 좋은 사람이라는 그런 사람이 착한 사람을 생각하는 나쁜 사람의 정의입니다.

눈에 보이는 흉기를 들고 목숨을 위협하는 강도가 아니더라도 시시때때로 내 의지를 공격하고 자존감을 무너뜨리고 심리적 압박이나 교묘한 말솜씨로 나를 공격하고 내가 편하다는 이유로 함부로 말하는 사람. 내 걱정해서 하는 충고라는 미명 아래 내 인생의 중요한 가치를 함부로 건드리는 악인은 의외로 가까이 있으면서 가면을 쓰고 있습니다.

그들은 호시탐탐 작은 돈 빌려달라, 커피값 좀 대신 내달라, 김치찌개 먹으러 가자, 유채꽃 보러 갈까, 백화점 아이쇼핑 가자, 강아지 며칠만 봐 달라 등 사소한 일이라고 생각하면서 나를 시험에 들게 하는 내가 하기 싫은 일을 시도 때도 없이 부탁이란 명목으로 강요하는 지인이나 가족이나 친구가 있다면 과감히 "No"라고 외치고 착한 사람 콤플렉스에서 벗어나세요.

악인이 되도록 하세요. 어떤 사람에게든 함부로 대하기 어려운 사람이라는 이미지를 갖게 할 만큼의 악인이 된다면 당신에게 생각보다 큰 자유를 선물할 것입니다. 오늘이 자유로운 악인이 되는 첫날이기를 바랍니다.

실천 방안

자기 보호 : 자신의 가치를 지키기 위해, 필요할 때는 단호하게 "No"라고 말하는 연습을 합니다.
경계 설정 : 타인과의 관계에서 명확한 경계를 설정하고, 이를 지키는 데 주저하지 않습니다.
자기 존중 : 자신의 감정과 욕구를 존중하며, 타인의 요구에 무조건적으로 응하지 않습니다.
솔직한 대화 : 가까운 사람들과 솔직하게 대화하여, 입장을 명확히 전달합니다.
자기 돌봄 : 스트레스를 줄이고, 자신을 돌보는 시간을 가지며, 내면의 평화를 유지합니다.

난자의 선택

지구상 80억 넘는 사람은 정자가 선택한 게 아니라 난자의 선택으로 이 세상에 태어났습니다. 한 번 사정에 수천만 개의 정자 중 운동성이 뛰어나고 건강한 정자가 난자의 선택을 받아야 착상이 되고 인간으로 태어납니다.
난자의 주인이 어느 나라 사람인지, 흑인인지 백인인지 황인인지, 키가 크고 잘 생겼는지, 머리가 멍청한지, 부자인지 알 수는 없지만 그렇게 우리 모두는 엄마를 만났습니다.
태어나 보니 한국이고, 태어나 보니 박정희라는 사람이 대통령이고, 태어나 보니 가난한 나라고 그중에서도 째지게 가난한 집이었고 분단국가였습니다. 그 어떤 선택도 내가 한 게 아닙니다. 그래서 "누가 나를 만드셨소? 어머니가 술청해서 태주잔으로 만들었지"라는 각설이 타령 가사처럼 세상에 왔습니다.
다행인 건 나를 태어나게 한 난자의 주인이 북한에 있었던 것도 아니고 아프리카 기아 선상에 있는 나라도 아닌 대한민국에 계셨다는 것입니다.
약 4천만 분의 1의 확률로 만난 난자의 선택이 80억 개의 로또볼을 굴려서 80억 분의 1의 로또복권으로 오늘 여기 지금 내가 있습니다. 이 얼마나 신기한 신의 은총인가요? 이 얼마나 다행스러운 로또복권과 비교될 수 없는 행운인가요?
당신은 이미 로또 1등에 여러 번 당첨된 행운아입니다. 인생을 행복하게 살 자격이 충분합니다.

실천 방안

감사 일기 쓰기 : 매일 감사한 일들을 기록하여, 자신의 삶에 대한 감사함을 느끼고 긍정적인 마음을 유지합니다.
자기 수용 : 자신의 출생과 환경을 받아들이고, 현재의 자신을 사랑하는 연습을 합니다.
긍정적 사고 : 어려운 상황에서도 긍정적인 면을 찾고, 이를 통해 삶의 의미를 발견합니다.
자기 돌봄 : 자신을 돌보고, 건강한 생활 습관을 유지하여 몸과 마음의 균형을 맞춥니다.
사회적 기여 : 자신의 행운을 다른 사람들과 나누며, 사회에 긍정적인 영향을 미치도록 합니다.

칼

칼은 용도가 분명합니다. 장식용이 아니라면 어떤 물건이든 자르는 용도로 사용됩니다. 그러나 칼도 어느 부위를 잡느냐에 따라 도구가 되기도 하고 흉기가 되기도 합니다. 아무리 좋은 칼도 손잡이를 잡아야지, 칼날을 잡는다면 화를 면하기 어렵습니다.
대부분 칼날을 잡는 경우는 칼이 멈춘 상태가 아닌 칼이 움직이는 상태일 때 자주 발생합니다. 어떤 일을 결정하거나 참과 거짓을 구분하거나 선인과 악인을 구분하거나 돈 벌 수 있는 찬스인지 아닌지 판단할 때, 칼날을 잡는 경우가 다반사인 이유는 칼이 빠르게 움직일 때 잡으려 하기 때문입니다.
예를 들어, 급하게 결정해야 할 상황에서 충분한 정보 없이 판단하려 한다면, 이는 칼날을 잡으려 하는 것과 같습니다. 이런 상황에서는 차분히 시간을 두고 정보를 수집하고, 상황을 분석한 후에 결정을 내려야 합니다. 이는 칼이 멈춘 상태에서 칼자루를 잡는 것과 같습니다.
또 다른 예로, 인간관계에서도 우리는 종종 감정적으로 반응하여 상황을 판단하려 할 때가 있습니다. 예를 들어, 친구와 다툼이 생겼을 때, 즉각적으로 대응하기보다는 잠시 멈추고 상대방의 입장을 이해하며 대화를 나누는 것이 중요합니다. 이는 감정의 칼날이 멈출 때까지 기다린 후에 차분히 대처하는 것을 의미합니다.
창업을 생각할 때도 마찬가지입니다. 급하게 창업을 결정하고 시작하기보다는 시장 조사를 철저히 하고, 비즈니스 계획을 신중히 세운 후에 시작하는 것이 중요합니다. 이는 칼이 멈춘 상태에서 칼자루를 잡는 것과 같은 원리입니다.
결론적으로, 어떤 상황에서든 급하게 판단하고 행동하기보다는, 차분히 상황을 분석하고 신중하게 대처하는 것이 중요합니다. 칼자루를 손에 쥐는 방법은 칼이 멈출 때 잡는 것입니다. 이는 결국 우리가 더 나은 판단을 내리고, 위험을 최소화할 수 있게 해줍니다.

실천 방안

결정의 순간 : 중요한 결정을 내릴 때는 서두르지 말고 충분한 시간을 두어 상황을 분석한 후 결정을 내리세요.
멈춤과 관찰 : 상황이 급변할 때는 잠시 멈추고 관찰하여, 흥분된 상태에서 판단하지 않도록 합니다.
정보 수집 : 충분한 정보를 수집한 후에 결정을 내리도록 하여, 잘못된 판단을 피합니다.
리스크 관리 : 리스크가 높은 상황에서는 신중하게 행동하고, 위험 요소를 미리 파악하여 관리합니다.
객관적 시각 : 감정에 휘둘리지 않고, 객관적으로 상황을 바라보며 판단합니다.

이러한 방법들을 통해 중요한 순간에 올바른 결정을 내리고, 안정적인 성장을 이루시길 바랍니다. 추가적으로 궁금한 점이 있으시면 언제든지 알려주세요.

인내와 고집

인내는 씁니다. 그러나 그 열매는 답니다.
고집도 씁니다. 그러나 그 열매도 씁니다.
스스로 세운 원칙을 지킨다는 의미로 쓰는 인내와 고집은 비슷해 보이지만 아주 다른 의미의 결과를 가져옵니다. 차이가 뭘까요?
가능성이 낮다고 해서 그 일이 다 실패하는 것이 아닙니다. 그렇다고 가능성만 보고 수십 년을 기다려서 좋은 결과를 얻었다 하더라도 매몰된 시간의 가치와 부합하는지 인내할 일과 고집을 지킬 일 중 구분해야 합니다.
흔히 고집은 과거 전통을 보존하거나 그것들의 가치에 의미를 부여하고 새로운 기술이나 지금 세상의 기준과 별개의 원칙을 고집한다면 그 결과는 불 보듯 뻔합니다. 세상 어떤 인간이 만든 발명품이나 제도가 하루아침에 바뀌지는 않습니다.
그러나 고집한다고 이 세상에서 사라질 것들이 보존되지도 않습니다. 전화기, 장래 문화, 결혼과 출산, 이동수단, 공부의 방식, 신문, 음식, 에너지, 종교, 철학 등 다양한 사람살이에 필요한 것들도 내 고집과 관련 없이 사라지거나 변합니다.
인내는 미래를 예측하고 오해와 편견을 견디며 자기가 본 세상이 온다는 확신을 지켜가는 것이나, 과거의 지난 시간 밝혀지지 않은 진실을 규명하고 증명하는 데 시간을 두고 해결해가는 힘을 의미할 수도 있습니다.
고집과 인내는 둘 다 시간을 필요로 한 일이므로, 시간의 가치를 수반해서 지켜야 될 것과 버려야 될 것을 판단하기를 권해 봅니다.
세상 누구에게나 평등하게 부여된 것이 시간이기에…

실천 방안

인내의 연습 : 긴 호흡을 가지고 노력하는 일을 계획적으로 꾸준히 수행합니다. 예를 들어, “매일 30분씩 운동하기” 같은 목표를 세워보세요.
고집과 인내의 구분 : 자신의 행동을 돌아보며 이것이 고집인지 인내인지 판단해보는 시간을 가지세요. 이를테면, “기술 변화에 따라가고 있는가?” 등.
과거에서 배우기 : 과거의 경험을 돌아보며, 고집과 인내가 어떻게 결과를 가져왔는지 분석합니다.
미래를 위한 계획 : 인내해야 할 일과 고집을 버려야 할 일을 명확히 하여 미래를 위한 계획을 세웁니다.
타인의 피드백 : 가족, 친구, 동료에게 자신의 행동을 평가받아, 객관적인 시각에서 고집과 인내를 구분합니다.

깨달음

부처가 되기 위해 좌선하는 스님들만 깨달음이 찾아오는 것이 아니고, 살아가는 과정에서 이런저런 일들이 잘 모르거나 안 풀리거나 내가 생각한 방향과 다른 방향으로 일이 흘러가고 예기치 못한 위기와 환란이 닥쳐서 고통의 시간이 지나갈 때, 그 위기를 극복하기 위해 궁리에 궁리를 하고 생각하고 생각하는 과정에서 어느 순간 탁 알아차리는 것, 그것이 깨달음이 아닐까 생각해봅니다.

지혜로운 사람은 자기에게 닥쳐온 위기를 통해 그 일이 생기게 된 본질에 대해 깊이 성찰해서 참진리를 알아차리고 똑같은 실수를 반복하지 않는다면 이미 그 사람은 크게 깨달은 사람입니다. 그래서 깨달음은 언제 어느 곳에서나 어떤 일을 하든지 불청객처럼 훅 찾아갈 때가 대부분입니다. 그때 닥쳐온 문제들을 해결해 가는 과정에서 깨달음이 선물처럼 따라오는 거라 생각됩니다.

단지 괴롭다고 위기를 회피하거나 닥친 불행을 다른 사람 탓으로 돌리거나 하는 사람에게는 깨달음이 찾아가지 않습니다. 힘들어도 벌어진 일을 정면으로 마주하고 맞서서 꺾이지 않은 불굴의 의지를 가진 사람에게 깨달음이 하늘이 준 선물처럼 찾아갑니다.

당신에게 지금 깊이 고민해야 될 일이 있다면 어쩌면 신이 당신을 사랑하셔서 깨달음이라는 선물을 주기 위해 숙제를 주신 것일지 모릅니다.

당신에게 깨달음의 빛이 함께하는 위대한 하루가 되시기를 기도드립니다.

실천 방안

문제 직면하기 : 문제가 발생했을 때 회피하지 말고 정면으로 마주하세요. 문제를 분석하고 해결 방안을 찾는 과정에서 깨달음을 얻을 수 있습니다.
자기 성찰 : 문제의 원인을 깊이 성찰하고, 자신의 행동과 생각을 되돌아보는 시간을 가지세요. 이를 통해 문제의 본질을 이해하고 더 나은 해결책을 찾을 수 있습니다.
지속적인 노력 : 문제를 해결하기 위해 지속적으로 노력하고, 새로운 방안을 모색하세요. 끊임없는 노력과 고민은 깨달음을 얻는 데 큰 도움이 됩니다.
타인의 조언 경청 : 주변 사람들의 조언을 경청하고, 그들의 경험에서 배울 점을 찾아보세요. 다양한 관점을 통해 문제를 해결하는 데 도움이 될 수 있습니다.
명상과 마음 챙김 : 명상이나 마음 챙김을 통해 자신의 생각을 정리하고, 깨달음을 얻을 수 있는 여유를 가지세요. 마음의 평화를 유지하는 것이 중요합니다.

헤어질 결심

만남보다 어려운 게 헤어짐이고 가는 것보다 어려운 게 돌아오는 것이라고 말합니다. 도박을 잘하는 고수는 할 때마다 돈을 따는 사람이 아니라 잃을 때 얼마나 빨리 자리에서 일어나느냐, 이것이 결국 도박으로 돈을 따는 고수의 선택입니다.

사람이든 직업이든 취미든 그 안에 허덕이고 있을 때는 그 길밖에 안 보이고 죽도록 미운 직장 상사도 그 회사 그만두면 볼 일이 없어지듯 우리 삶을 살찌게 하는 건 일에서나 사람 관계에서나 헤어질 결심을 언제 어느 때 하고 그것을 실행으로 옮기느냐가 삶의 방향을 턴어라운드 하는데 크게 작용합니다.

헤어질 결심을 하는 건 비단 사람과 직장뿐만이 아니라 술, 담배, 폭식, 게으름, 휴대폰, 자동차, 게임, 시기, 질투, 폭언, 비관적 사고, 과격한 행동 등과 헤어질 결심이 나를 삶을 살찌게 만든다는 것은 누구나 알고 있습니다. 헤어질 결심과 만날 결심 두 가지 중 어떤 것과 헤어지고 어떤 것과 만나는 것이 미래 당신의 삶이 풍요로워질지는 내가 얘기하지 않더라도 잘 알고 있을 거라 생각합니다.

헤어질 결심이 생겼다면 실행에 옮기십시오. 내일의 태양은 오늘보다 가볍게 당신에게 다가갈 것입니다.

실천 방안

헤어질 대상 분석 : 헤어져야 할 대상이나 습관을 명확히 분석하고, 그 이유를 기록해 보세요. 예를 들어, “이 습관이 내 건강에 미치는 영향” 같은 구체적인 이유를 찾습니다.

계획 세우기 : 헤어질 결심을 구체적인 계획으로 옮깁니다. 날짜를 정하고, 단계별 목표를 설정합니다. 예를 들어, “한 달 동안 매일 10분씩 운동하기” 같은 목표를 세워 보세요.

지원 시스템 구축 : 가족, 친구 등 주변 사람들에게 도움을 요청하여, 헤어질 결심을 지속할 수 있도록 지원받습니다.

긍정적 습관 형성 : 헤어질 대상 대신 새로운 긍정적인 습관을 형성합니다. 예를 들어, “매일 아침 명상하기” 같은 습관을 시작해보세요.

자기 돌봄 : 스트레스를 줄이고, 자신을 돌보는 시간을 가지며, 내면의 평화를 유지합니다.

톨스토이 중단편

사람은 얼마나 많은 땅이 필요한가

주인공 빠홈의 끝없는 땅에 대한 소유욕은 결국 하루 동안 깃발만 꽂으면 자기 땅이 되는 마지막 장면에서 해질녘까지 처음 출발한 지점까지 돌아가지 못하고 죽고 맙니다. 가끔 우리도 로또복권 1등 당첨된다면 영혼까지 팔아서라도 당첨번호와 바꾸고 싶은 유혹처럼 스스로 어디까지가 넘치지 않은 정도인지를 알지 못합니다. 만약 당신이 심장이나 머리가 필요 이상으로 빨리 뛰고 쉬지 않고 욕심에 찬 생각을 내려놓지 못하고 있다면 당신은 이미 빠홈처럼 깃발을 너무 멀리까지 꽂으러 출발지에서 멀어져 가고 있는 건 아닌지 생각해보기를 바랍니다. 톨스토이 단편 중 '바보 이반'과 더불어 사람이 살아가는데 중심을 어디다 두어야 하는지와 인간의 끝없는 욕망이 가져올 비극을 간단명료하고 쉽게 쓴 수작입니다. 스스로 어디쯤 있는지 점검할 수 있는 책. 긴 책도 아니니 한 번 읽어보시기를 추천드립니다.

톨스토이의 중단편 소설은 인간의 본질과 욕망에 대한 깊은 통찰을 제공하죠. '사람은 얼마나 많은 땅이 필요한가'에서 빠홈의 이야기는 소유욕과 그로 인한 비극을 경고합니다. 빠홈은 끝없는 땅에 대한 욕망 때문에 결국 그 욕망에 의해 파멸하게 됩니다. 이는 우리가 얼마나 소유에 집착하는지, 그리고 그로 인한 결과를 잘 보여줍니다.

또한, 톨스토이의 '바보 이반'은 사람의 진정한 가치를 어디에 두어야 하는지에 대한 깊은 성찰을 담고 있습니다. 두 작품 모두 인간의 끝없는 욕망이 가져올 비극을 경고하며, 삶의 중심을 어디에 두어야 하는지를 생각해보게 합니다.

실천 방안

소유욕의 경계 설정 : 자신의 욕망과 욕구를 성찰하고, 적절한 경계를 설정합니다. 빠홈처럼 과도한 욕망이 가져올 위험을 경계합니다.

삶의 우선순위 재정립 : 소유보다는 사람과의 관계, 내면의 평화 등 더 중요한 가치를 찾고 실천합니다.

주기적인 성찰 : 자신이 어디에 중심을 두고 있는지 정기적으로 점검하고, 필요한 경우 방향을 수정합니다.

독서와 명상 : 톨스토이의 작품을 읽으며 깊은 성찰을 하고, 명상을 통해 마음의 평화를 유지합니다.

나눔과 기부 : 자신의 소유를 나누고, 기부를 통해 사회에 긍정적인 영향을 미칩니다.

반성

깊은 포기 끝에서 당신은 누구를 만나고 있습니까?
깊은 포기 끝에서 후회와 낙담을 만나고 있다면 다시 일어서서 앞으로 나간다고 하더라도 또다시 깊은 포기와 만날 확률이 높습니다.
깊은 포기, 절망적인 포기, 삶의 끈을 놓아버리고 싶은 포기가 엄습할 때 필요한 건 우선 멈춤입니다. 멈춤이 있어야 왜 포기하게 됐는지 시간이 지나면서 보이기 시작합니다.
지식이 부족했는지, 자본이 부족했는지, 끈기가 부족했는지 어떤 이유로 포기에 이르게 됐는지 보고 또 보고 성찰한 후 내면으로부터의 뼈저린 반성의 시간을 보내고 복기의 시간을 보내고 나면 포기한 이유가 보이기 시작합니다.
그 깊은 반성 없이 일어나서 앞으로 나간다는 건 섶을 지고 불길에 뛰어드는 것과 같습니다. 다시는 포기하는 인생을 살고 싶지 않다면 꼭 기억할 것은 내면으로부터 일어나는 깊은 반성이 있은 후에야 앞으로 나갈 수 있습니다.
깊은 반성의 끝에 성공의 문이 당신을 기다린다는 걸 잊지 마세요.

실천 방안

우선 멈춤 : 힘든 상황에 직면했을 때 잠시 멈추고 상황을 되돌아보세요. 멈춤을 통해 문제의 원인을 차분하게 분석할 수 있습니다.
자기 성찰 : 실패의 이유를 깊이 성찰하고, 무엇이 부족했는지 반성하는 시간을 가지세요. 예를 들어, "내가 실패한 이유는 무엇인가?" 같은 질문을 스스로에게 던져보세요.
복기 : 실패한 상황을 다시 복기하며, 무엇이 잘못되었는지 확인하고, 다음에는 어떻게 개선할 수 있을지 계획을 세웁니다.
지속적인 노력 : 반성의 시간을 가진 후에는 지속적으로 노력하고, 새로운 목표를 설정하세요. 작은 목표부터 달성하면서 자신감을 회복합니다.
타인의 조언 : 주변 사람들의 조언을 경청하고, 그들의 경험에서 배울 점을 찾아보세요. 다양한 관점을 통해 문제를 해결하는 데 도움이 될 수 있습니다.
이러한 방법들을 통해 실패를 딛고 일어서며, 더 나은 자신을 만들어 가시길 바랍니다. 추가적으로 궁금한 점이 있으시면 언제든지 알려주세요.

확증편향

부드러움이 능히 강함을 이깁니다. 일하거나 학문을 할 때 가장 필요한 덕목이 유연함, 즉 부드러운 강함입니다. 사람이 나이가 들어가면서 몸만 굳어지는 게 아니라 정신세계도 굳어가는 이유가 있습니다. 몸은 좋은 자세나 습관이 아닌 편한 자세나 습관을 쉽게 받아들입니다. 간단한 스트레칭이나 5층 미만 계단 오르기 등 쉬운 습관부터 바꾸어나가면 몸이 쉽게 굳어지거나 기능이 떨어지지 않습니다.

정신세계도 편한 자세와 좋은 자세 중 조금 불편하고 힘들더라도 좋은 자세를 갖도록 노력해야만 뇌 작용의 유연성이 떨어지지 않습니다.

생각의 좋은 자세란 어제 내가 내린 결정이 자고 일어나서 생각해보니 잘못된 결정인 줄 안다면 바로 자기의 판단 실수를 인정하는 자세가 좋은 자세입니다. 그리고 오랫동안 상식이라고 생각되는 일이나 내가 옳다고 주장하는 많은 것에 대해 확증편향적 정보 수집과 좋아하는 언론 매체 접근, 유튜브 채널 접근은 정신세계를 굳어지게 하는 대표적인 행동입니다.

늘 내 생각이 틀릴 수도 있다는 것과 내가 읽은 책 내용이 진리가 아닐 수 있고, 세상에는 내 종교가 소중하듯 타인의 종교도 소중하다는 생각도 할 수 있는 자세가 정신세계 좋은 자세, 즉 부드러운 자세입니다. 그 어떤 정보도 확증편향에 빠지지 마세요.

흘러가는 대로 두고 볼 일입니다.

실천 방안

다양한 관점 탐색 : 특정 주제에 대해 다양한 출처와 의견을 비교해 보세요.

자기 성찰 : 자신의 의견이 틀릴 수 있다는 가능성을 항상 열어 두세요.

비판적 사고 : 정보를 수집할 때 비판적으로 분석하고, 확증편향에 빠지지 않도록 주의하세요.

유연한 사고방식 : 새로운 정보를 접했을 때, 기존의 생각을 고집하지 말고 유연하게 받아들이세요.

건강한 토론 : 다른 사람과의 토론을 통해 다양한 시각을 받아들이고, 자신의 생각을 재평가하세요.

신뢰와 신용

흔히 혼동하는 말 중에 하나입니다. 신뢰는 사람 중심, 신용은 돈 중심으로 해석되지 않을까요?

그래서 생겨난 말이 "돈이 거짓말하지 사람이 거짓말하냐"라는 말이 있듯, 돈 거래와 관계된 일인 신용이 사람의 믿음을 바탕으로 한 신뢰를 훼손하는 경우가 생기는 이유는 미래 돈에 대한 예측을 잘못하는 데서 생겨납니다. 신용과 신뢰가 분명 다른 경우이긴 하나, 현대사회를 살아가는 쌍두마차인 이유는 바늘과 실 같은 관계이기 때문입니다.

신뢰를 지키려면 신용에 관한 보수적인 자세와 돈에 대한 생각의 전환, 미래 소득의 불확실성이 가져올 리스크를 충분히 감안해서 재정 계획을 수립하지 않으면 어느 때이건 거품은 꺼지고 자멸의 길로 들어섭니다. 우리나라 IMF가 그런 경우였습니다.

신용이 무너지니 신뢰가 무너지고 빚으로 쌓아올린 거품 경제는 일순간에 바닷가 모래성처럼 부서졌습니다.

개인도 항상 재정에 관한 기초 체력을 튼튼히 하는 건 집 사고 차 사고 고액 보험 가입하고 하는 것들은 미래의 빚을 늘리는 일이고, 결국은 그 일로 인해 개인 간 신뢰에 금이 갑니다. 누군가에게 돈 빌려달라고 말할 이유가 없는 인생 설계를 기초로 해야 합니다.

소비와 소유는 항상 미래 고통을 함께 수반한다는 걸 잊지 말아야 합니다.

신용회복위원회는 국가기관에 있지만, 신뢰 회복위원회는 없는 이유는 신뢰는 수치로 환산될 수 없기 때문이기도 하겠지만, 신뢰는 돈이 아닌 광범위한 인간관계에 다 필요하기 때문일 거라 봅니다.

부부 간, 친구 간, 부모 형제 간, 국가와 국민 간, 국가 대 국가 간의 그 무게로

본다면 신용보다 신뢰가 더 앞서지 않을까 생각해봅니다.
신뢰는 글이나 말이나 돈 같은 수치로 생겨나는 게 아니라, 내면의 진실, 정신세계의 청빈, 사람살이의 단백함, 소욕지족, 안빈낙도 하는 삶의 자세에서 자연스럽게 묻어나는 건 아닐까요?
여러분의 삶이 내면의 풍요와 신뢰가 가득하기를 바랍니다.

실천 방안

재정 계획 수립 : 미래 소득과 지출을 고려한 계획을 수립하여 신용을 지키세요.
신용 관리 : 빚을 무리하게 지지 않고, 신용을 유지하는 것이 신뢰를 지키는 첫걸음입니다.
솔직함과 투명성 : 신뢰를 위해 항상 솔직하고 투명하게 행동하세요.
책임감 있는 소비 : 소비와 소유는 신중하게 결정하고, 미래의 고통을 피하세요.
상호 존중 : 부부, 친구, 가족 간의 신뢰를 유지하기 위해 상호 존중하고 배려하세요.

이익, 손해, 옳고 그름

누구나 자신에게 이익이 되는 일에는 관심과 정성을 기울이고, 이익을 주는 사람에게는 머리를 조아리고 굽신굽신합니다.
반대로 손해를 입힌 사람에게는 고소를 해서라도 손해 배상 청구를 합니다.
그런데 이익은 되지만 옳지 않은 일이 있고, 옳은 일이지만 손해가 되는 일도 있습니다.
기준을 어디에 두고 살던 그것은 개인의 자유의지이니 뭐라 참견할 이유는 없습니다. 하지만 언론 권력이나 검찰 권력, 국가 권력을 상대할 때는 이익이 되지 않는데 옳은 일을 한다고 그들을 상대로 싸우다가 그 후에 돌아올 후폭풍은 일반적인 일과 성격이 다릅니다.
소위 재벌을 돈이 많은 기업 집단만 얘기하는 게 아니고 언론 재벌, 검찰 재벌, 권력 재벌 등 다양한 형태의 재벌들이 존재합니다. 그들은 가진 것이 많습니다. 그래서 자기들이 보고 싶은 방식으로 세상을 조작해서 온 국민의 눈을 가릴 수 있을 것이라 생각합니다.
작금의 현실을 보면 위험한 줄타기를 하고 있는 남북 관계, 웃기조차 어려운 한심한 역사관과 대일 외교, 심각하게 곪아가고 있는 거품 경제, 실로 곧 불어닥칠 제2의 1997년 떠오르는 건 내 기우이기를 간절히 바래봅니다.
쓰나미가 몰려오는데 해수욕장에서는 한가로이 물놀이 중입니다.
옳은 일이 꼭 승리하지는 않습니다. 의로운 일이 꼭 편안함을 가져다주지도 않습니다.
그러나 이익이 되는 일과 옳은 일 중 선택할 때, 몸에 좋은 약은 씁니다. 건강한 몸은 심장이 터질 것 같은 인터벌 트레이닝을 견디는 대가로 주어집니다.
당신의 삶이 이익도 중요하지만 옳음의 가치도 함께 동반되기를 바랍니다.

실천 방안

자기 성찰 : 자신에게 이익이 되는 일과 옳은 일을 구분하는 기준을 세우세요.
정직한 선택 : 단기적인 이익보다는 장기적으로 옳은 선택을 하도록 노력하세요.
책임감 있는 행동 : 다른 사람에게 손해를 끼치는 일을 피하고, 자신의 행동에 책임을 지세요.
사회적 가치 존중 : 개인의 이익보다 사회적 가치와 공동체의 이익을 우선시하세요.
긍정적인 태도 : 옳은 일을 선택할 때, 어려움을 겪더라도 긍정적인 태도로 대처하세요.

에필로그

새색시 볼에서 느껴지는 부끄러움처럼 이렇게 부끄럽지만 한 걸음 내디뎌 봤습니다. 아직은 나의 청춘이 다하지 않는 까닭에 세상을 향한 나의 열정과 사랑을 글에. 담아서 끊임없이 내 보낼 계획입니다

두 번째 세 번째 책은 첫 책보다 너 조금 더 완숙미가 갖춰질 수 있도록 한 글자 한 글자 한 단어 한 단어 선택할 때마다 혼신의 힘을 다해 독자 여러분 곁으로 다가갈 수 있도록 노력하겠습니다.

타고난 천재가 아닌지라 한 번에 좋은 글이 나오지 않는다는 것을 잘 알고 있기에 저만의 장점인 타고난 천재는 아니지만 지루한 패턴의 똑같은 일을 반복하는 것은 잘 할 수 있기 때문에 하루도 거르지 않고 매일매일 글을 쓰다 보면 다음에 만나 뵐 책에서는 첫 번째 책보다 조금 더 나은 내용으로 독자님들과의 대화가 이루어지지 않을까? 기대해 봅니다.

저 또한 제가 쓰는 글을 닮아가는 인생을 살기 위해 하루하루 자신을 돌아보고 얼마나 내가 쓴 글과 닮아가고 있는지 점검하면서 늘 지혜와 진리에 가까이 가는 삶을 살도록 하겠습니다.

초창기부터 빈천한 글을 읽어주고 응원해준 제 유일한 사회생활에서 모임인 계산 초등학교 26회 친구들 중에서 애독자 클럽에 있는 친구들께 감사의 인사를 드립니다